JN026405

Beiju

米寿を過ぎて長い旅

山折哲雄
Yamaori Tetsuo

海風社

米寿を過ぎて長い旅

「くり童子」キャラクター原案　山折　大
イラスト・キャラクターイラスト　井上真理子

「ひとり」のやぶにらみ

――序にかえて――

「ひとり」を手にするには時間がかかる

まだ二〇代
仙台でうろうろしていた
下宿住まいの貧乏学生
ときどき　持病の喘息の発作がおきた
喉をぜいぜいさせ　横臥していた

やがて同人仲間がやってきて、せまい枕元で安酒の宴会をひらく。世間話、噂話、面罵(めんば)・嘲笑・悪口のかぎりをつくし、口角(こうかく)沫を飛ばして酔い痴(し)れ、またたくまに退散していった。

ひとり　つぶやいていた
「幸せ　になんか　なるものか」
ひとりへの墜落　ひとりへの郷愁

三〇代
結婚して　息子ができ　東京にいった

職はきまらず　居場所も不定のまま
非正規雇用の空間をさ迷い歩いていた

鬱屈し、血が頭にのぼってくると、よく散歩に出た。下駄をはき、郊外のたんぼ道、人気（ひとけ）のないところを選んで歩いていく。わけもなく咆哮し、ただ歩くだけ。胸のうちにあふれてくる噴気を吐き出し、歩きに歩く。

ときに、雨が降ってきた。それでもペースを変えずに歩く。いつしか涙が頬を伝っている。鼻汁とまじり、雨滴と合流し、唇をぬらして、口の奥に入っていった。喉を降って、腹の底に落ちていった。

陽がかげる頃、集合住宅1ＤＫのわが家にもどる。風呂場で水をかぶり、あとは焼酎を飲み続けて、寝床にひっくり返る。

翌朝、脳髄から正体不明の毒気が抜けていた。ひとりを手にするには、時間がかかる。とにかく無駄な時間がかかる。だが、その至福の時間も、あっというまに去っていった。

四〇代
またとない　地獄の季節
非常勤講師のはしご　はしご　はしご

人　人　人と出会い
ぶつかり　口論し　別れていた
東京市内を　ところかまわず　かけずり廻っていた
ただ打ちのめされて

お前はひとりだ、ひとりだ、たったひとりだ、天の声がいつもきこえていた。天上天下唯我独尊と、いつも唱えていた。いつもつぶやいていた。毒気も噴気もまだ抜けてはいなかった。ロダンの「考える人」、広隆寺の「半跏思惟像」が、いつになっても頭から離れない。まさか、猿から進化しただけのものではないだろう。それどころか、ひとりでいることの、典型像のように思いこんでいた。

彼はひとりで、いったい何を考えているのか。彼女はひとりで、いったい何をしようとしているのか。だが、東京は、そんな貧寒なひとりの問いには、何も答えてはくれなかった。答えてくれるはずもなかった。

答えは、うずくまるようにひとりで自閉していると、突然にやってきた。「考える人」は、考えることをやめるときは、腰を上げ、立ちあがり、直立歩行に移るだろう。だが「半跏思惟像」は、考えることをやめるとき、ためらわずに腰を下ろし、大地に坐り、深く呼吸して憩うだろう。人類の発展、成熟も、考えてみれば、ひとり、からはじまっていた。

人に会いすぎない

五〇代
ひとりが群集の中に入っていく
群集の「ひとり」になっていく
群れの「一個」になって
汚物のようにそこにはじき出されただけではない
群れのひとりにただまぎれこんでいく
ひとりの奴隷時代が　いつまでも続いている
組んずほぐれつ　地獄の季節が　まだ続いていた
それどころか　まだまだ深化し続けていた
この頃　東京を去って　京都にやってきた

あるとき大きな集会で、老練の医師に出会う機会があった。その人物が言うには、「医者の三要件は、止める・ほめる・さすることだ」と。なるほど、そうかと思った。まず痛みを止める、患者をほめる、万策つきれば両の掌でさする。

それで、考えた。この三要件は、人と人とのあいだにおいても、そのままあてはまるだろう。

医師ひとりの愛語は、患者ひとりの奴隷状態を解放する霊薬になるかもしれない、そう思った。ただ、三要件の実行は、言うは易く、行うに難し、ひとりの深淵をのぞき見、かいま見ただけのことだった。

六〇代
京都にい続けて長逗留
ただ　気力体力が下り坂
何を言っても言わなくても　ひとり
何をしてもしなくても　ひとり
それで逆転勝負に出た
食べすぎない
飲みすぎない
人に会いすぎない

飯やおかずを、とにかくよく噛んで、噛んで、噛んで食べる。最後は、どろどろになってカオスのごときものとなって、喉に流しこむ。十回、二十回のレベルではない。噛む回数を五十回、六十回の水準まで上げていく。何しろ歯が軒並み弱り、十五本ほど入れ歯さし歯になっている。だから時間もかかる。根気もいる。
気がつけば、家人はどこかに去り、ひとり坐って、ただもぐもぐやっている。最後の嚥下（えんげ）の瞬間は、米と肉と魚と野菜の区別は微塵にくだけ、ただのドロドロジュース。これが晩めしになると、酒が入る。アルコール依存症で一日も欠かせない。噛んで、噛んでの合い間に、ちびりちびりのひとり酒が入る。食べすぎない、飲みすぎない、ひとり酒の三位（み）一体で、ことがすすむ。

だが、人に会いすぎれば、これはたちまち崩壊する。暴飲暴食の下地がたちまち顔を出す。このジレンマに耐え、その二律背反と遊びたわむれて、ひとりの深化がすすむ。玄妙なひとりの妄想舞台がはじまる。そこで、ひとさし舞うことができるかどうか、それが問題だ。

そのまま、ありのまま

七〇－八〇代
気がつけば高齢社会
死が　抜き足差し足で近づいている

ひとりが暗転する季節　地獄の季節はすでに去り
闇の穴が大きく口を開けて待っている
「認知症」「認知症」の声が
聞こえてくる
食べすぎない
飲みすぎない
人に会いすぎない
もうそれでは　もたない
ひとりの自己決定がぐらぐらしはじめている
今こそ　ひとりの危機の時代

認知症では時間軸と空間軸が失われる、時間感覚と空間感覚が蒸発する、と専門家は言う。なるほど、徘徊(はいかい)とはそこからくるものか。その専門家に教えられたもう一つのこと、徘徊の人を介護する第一要件は、その状態を「そのまま」に受けとり、「ありのまま」に遇することだ、という。

そのまま

ありのまま

とは驚き入った。青天の霹靂（へきれき）、だった。時間と空間を放り出し、自己決定力を捨てた人のひとりを介護するとは、予想もできない難題・難問であるに違いない。

ひらめくものがあった。親鸞（しんらん）の「自然法爾（じねんほうに）」のコトバだった。九〇歳に近づいた親鸞の、最晩年のコトバだった。

そのまま
ありのまま
念仏だけで
ホトケさま

それが「自然」のすすめであり、「法爾」のかたちであるという。

けれども、本当にそんなことがあるのだろうか。そんな彼方の岸辺で愉しむことができるのだろうか。

いよいよ、「ひとり」の試練のときがやってきた。気がつけば、われもまた九〇の大台に近づきつつある。そんなこんなで「自然」や「法爾」を手にすることができるのか。

グレーゾーンの徘徊を愉しむ

さて、このところ、「めし」を食べるとすぐ眠くなる。たまらず、横になって昼寝する。昼寝三昧、である。

夜、「めし」と「酒」をのどに流しこめば、あとは、さあ死ぬか、とおのれに掛け声かけて、寝床にもぐりこむ。

だからだろう、早暁にはもう目覚めて、妄想のときを愉しんでいる。一時間か、二時間……。脈絡を欠く、劇的な空想断片が飛び出してくる。因果をこえる、ミステリアスなイメージ断片がかけめぐっている。

寝床のなかの妄想三昧、この世とあの世をつなぐ、グレーゾーンの徘徊である。

昼寝と妄想を引き連れた恍惚の人
昼寝三昧と妄想三昧を愉しむひとりの人
昼寝も「自然」のすがた
妄想も「法爾」のかたち

「認知症」よ

とっとと　立ち去れ
わしはただ「ひとり」で　呆（ボー）っと
していたいだけなんじゃ

目次

第二章 「ひとり」の八方にらみ

第三章　目には花

第四章　静かな覚悟

第一章　時空を超え

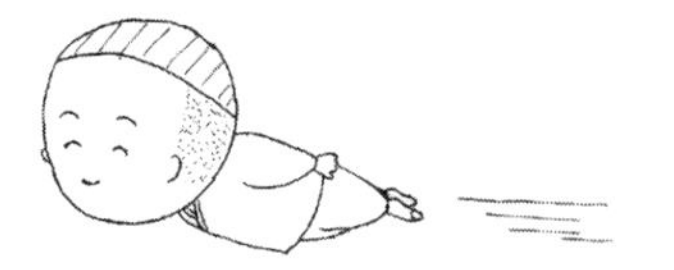

ヘルペスと人情話

私は東京時代、千葉県の成田市に住んでいた。近くの佐倉市にある国立歴史民俗博物館に勤めていたからだ。国際空港がすぐ近くにあり、外国に出かけるときには便利だったが、空港の出入りはあの「成田闘争」の余波で、まだ厳重な警備の体制が敷かれていた。

出張から帰った夜、顔面の上方にキリでもむような疼痛(とうつう)が走り、朝になって日赤病院に担ぎ込まれた。やがて診断が付いた。額にヘルペスが発症し、その異変の勢いが左目に迫っている。放っておくと失明しますよ、と担当医の囁(ささや)くような声が耳元で聞こえた。

それこそ青天の霹靂(へきれき)だった。このわが身に、何でそんな理不尽なことが起きたのか、それを嘆き悲しむ前に、むらむらと怒りの感情が噴き上げてきた。その間も顔面には突き刺さるような疼痛が、一瞬も止むことなくベッドの私を脅かし続けていたのである。

入院したその日から、注射と点滴だけで眼帯を掛けられ、身動きもならぬ哀れなありさまでベッドに沈んでいた。若い頃は十二指腸潰瘍にやられ、来る日も来る日も不愉快極まる鈍痛に苦しんでいたが、ヘルペスの疼痛はそれとはまた別種の悪魔の囁きのように思われた。

しばらくして、症状がやや落ち着いてきた頃だったと思う。うっとうしい眼帯も取れ、気持ちに多少のゆとりもできていた。あとから考えれば、担当医はその時を見計らっていたのだろう。ベッドの私に近づいてきて、こんなふうに語りかけた。

「『壷坂霊験記』という人情話はご存じですね」

私は、

「よく知っていますよ」

と答えた。盲目の沢市と妻おさとの純愛物語だ。

西国三十三所観音霊場の六番目の札所が南法華寺（壷阪寺）で、奈良県高市郡、その壺阪山の上にある。『壷坂霊験記』はこの寺に伝えられた縁起に基づく人情話で、浄瑠璃に脚色されて天下に知られるようになった。

信仰深いおさとが盲目の沢市の手を引いて毎日のようにお詣（まい）りしているうちに、ある日、夫の目がぱっと開き、ものが見えるようになった。ああ、観音さんのご利益だと、夫婦はいっそう壺阪寺詣でに励むようになった。

「あれは、一心にお祈りを続けているうちに眼球の水晶体が落っこちて、それで見えるようになったんですよ」

担当医の見立てによれば、沢市は白内障にかかっていたというわけだった。なるほど、と私は思った。

それでも退院の日には、あの人情話はやはり、浄瑠璃風の霊験譚と受け取った方が心にしみるよなあと思いながら、家路を辿ったのである。

天上の音楽

退院して、しばらく経った頃だった。勤め先の大学で、四、五十人ほどの学生を前にして、自分のヘルペス体験を語りながら、こんなことを話しかけていた。

もしも今、何かの緊急の事情が生じて、それぞれ自分の聴覚か視覚かどちらか一つを失わなければならないことになった場合、諸君はどちらを選ぶかね、目が見える方か、それとも耳がきこえる方か、ときいてみたのである。

教室には、戸惑いの気配がひろがっていった。けげんな顔をする者、悲しげな表情を浮かべる者、そのまま考えこむ者……。しばらく時間をおいてから、挙手の形で答えてもらった。

ほとんどの学生が視覚の温存を選ぶ側にまわることは予測がついていたが、しかし聴覚を選択して視覚の放棄の方に手を挙げた者が何人かいたことに、私は胸を衝かれた。自分だったらはたして何と答えるかと、同じ問いを自分自身にも向けていたからだった。もちろんその講義では、ある主題をとりあげて、みんなに考えてもらおうと思っていた。そのシナリオ通りに、そんな問いをもちだしてみたのだった。学生たちによる挙手の状況をみて、私はこんなことを言った。

いま、聴覚を選んだ諸君は、もしかすると神に近いところにいるのかもしれない。それに対して視覚を選んだ諸君は、ひょっとすると悪魔に近い座にすわろうとしているのではないか……。

座が、一瞬シーンとなった。なぜ、そんなことが言えるのか、そういう声なき声があちらこちらから押し寄せてくるようだった。

以前、ヨーロッパに行ったときの体験から、話をはじめた。ある平日の午後、天をつくような高い教会の扉を押して、中に入った。

パリのセーヌ川のほとりで四十日間ほどホテル暮らしをしたことがある。歩いて二十分ぐらい行けばエッフェル塔に出た。時々はシャンゼリゼ通りの見物に出かけて、凱旋門をくぐったりもした。その厚い石の壁面に無名戦士の名が刻まれていたことが脳裏に甦る。

パリに滞在中、私はセーヌの中洲に建てられているノートルダム大聖堂に何度か行ってみた。旅の空の下で、ふと訪れてみたくなる場所の一つがカトリックの聖堂だった。退屈したり淋しくなったりすると、いつの間にかあの重々しい扉の前に近づきたくなる。

その時も中に入って、後ろの席に座った。広い堂内には五、六人の信者らしき男女がポツンポツンと、離れ小島のように頭を見せているだけだった。正面にそびえる祭壇の奥から、パイプオルガンの音だけが静かに流れていた。見上げると高い円天井から光が射し込み、美しい飾り窓が浮かび上がった。

祭壇を取り巻くように、オルガンの太いパイプがびっしり並び立っている。けれどもオルガン奏者の姿はどこにも見えなかった。どの辺りで演奏しているのか見当もつかない。オルガンの沈んだ、単調なリズムに身体を預けているうちに、それが腹の底まで響き渡るようで、えもいわれぬ快感に引きずり込まれていった。

ああ、天上の音楽、と思ったのである。演奏しているのは神、だからその姿を見ることは誰もできない……。

ヨーロッパ中世の教会音楽は、そもそも神の声を聴くための音楽だったのだと、ふと気がつく。それは神や神の似姿を観るための音楽ではなかったからだ。宗教改革をリードしたルターも言っていたではないか。神の言葉は目で視たり目で読んだりするものではない、それはころで聴くものである、と。その聴覚重視の日常を教会の形でこんにちに伝えているのが、演奏者を見えないようにするパイプオルガンの演奏だったのだろう。

それがやがて近代になって変貌を遂げていく。音楽を演奏者とともに観賞する視覚重視の音楽会へと姿を変えていったからである。王宮やサロンの社交的な雰囲気のなかで、カツラをかぶり華麗な衣装に身を包んだ楽士たちが登場し、その演奏する光景を楽しむようになる。室内楽へ、つまり天上の音楽から地上の音楽へと変化の道を辿ったのである。

音楽を純粋な気持ちで聴くためには、視覚などというものは邪魔な存在かもしれない。

開眼、閉眼、半眼

イエス・キリストは、どこの教会でも、両眼をぱっちり見開いている。はり裂けんばかりに、大きく見開いている。

そういえば、聖母マリアの目元もそうなっている。可愛いお人形さんのように、まん丸い目をして見開いている。

もっとも、十字架にかかって殺されたあとのイエスの目は、閉じられている。両眼はかたく閉じられている。同様に、祈りを捧げているときの聖母も自然に黙想の姿になって、目は開かれてはいない。

けれどもそのような場合をのぞけば、イエスとマリアの両眼はいつもぱっちり見開かれている。ギリシャ正教などのイコン（聖画）になると、イエスやマリアの両眼は、見開かれている度合いがさらに高まり、まなざしには強さと緊張感がみなぎっているようにみえる。

以前、クリスマスの晩に、東京のお茶の水にあるニコライ堂に行ったことがある。中に入って、聖壇や壁面に飾られているそのようなイエスの表情を見て胸を衝かれたことを覚えている。しばらく経って、崩壊直前のソ連を訪れたときもそうだった。レニングラードのネフスキー寺院のミサに参列したのであるが、そのときも眼前に迫ってくるようなキリストの大きな両眼に射すくめられるような気分を味わった。

そういえば、二〇〇九年に亡くなったマイケル・ジャクソンの両眼もイエスのそれのように、はちきれんばかりに見開かれていた。マレーネ・ディートリヒの目も、マリリン・モンローやエリザベス・テイラーの目も、マリアの目のように大きく、華々しく見開かれていたではないか。

インドでの思い出が蘇る。デリーやカルカッタの博物館で、あのガンダーラ仏を見たときだった。ブッダが肉づきのいい、堂々たる体躯をみせて、両眼を大きく見開いていた。そのブッダの両眼は、まるでギリシア彫刻やローマ彫刻に登場してくる男たち、女たちの大きな目の表情と重なり合っているように私の目には映ったのである。

なるほど仏教は、こんにちのパキスタン北西部にあたるガンダーラで、西方からやってきたキリスト教文明と出合っていた。その地で、キリスト教がもたらした芸術表現とも対面していた。そんなことも念頭に浮かぶ。

それにしても、イエスやマリアは、なぜあんなにはり裂けんばかりに両眼を見開いているのだろうか。そして、仏教のガンダーラ仏まで……。それが長いあいだの謎だった。

あれは、いつ頃だっただろうか。あるとき不思議なことに気がついた。ブッダの入滅の姿を描いた涅槃像（ねはんぞう）について調べていたときだった。タイのバンコックに滞在し、その地の有名な寺院を訪れたのだ。巨大な涅槃像が大地に横たわり、何と、両眼を大きく見開いていた。その両眼は、あのガンダーラ仏のそれと寸分違わない大きな目を見開いていたのである。

入滅した仏が、なぜ目を見開いているのか。説明板をみると、「スリーピング・ブッダ」と書いてあった。「涅槃」をスリーピングと訳すのも違和感があったが、まあ、入滅を永遠の眠りについた状態と解釈すれば、納得できないこともない。しかし永遠の眠りについているというのなら、なぜ目は閉じられていないのか。

そんなことがきっかけで、各地の涅槃像を見て歩くようになった。見て歩くだけでなく、写真集でたしかめたり、文献にあたったりするようになった。少々大げさな言い方にはなるが、そのことでブッダの死の隠された意味が明らかになるかもしれないと、漠然と思うようになったからである。

それから、随分と時間が経ったように思う。あるとき、はっと気がついた。涅槃像には両眼を大きく見開いたものばかりではない、両眼をきちんと閉じているのもある。それだけではない。半眼に見開いているのもある、いや、あれは半眼に閉じているのかもしれない、そんなことがだんだんわかってきたのである。

要するに、涅槃像には、

開眼の涅槃像
閉眼の涅槃像
半眼の涅槃像

の三つのパターンがあるのではないか、と思うようになったのだ。

最後の半眼のパターンというのは、いまふれたように半眼に見開いているとも思われるし、半眼に閉じられているともみえる。そのどちらともいえるようなところが何とも微妙で面白いのだが、この半眼の涅槃像が、インドや中国ではあまりみられないのである。中央アジアに点在する千仏洞なんかでもお目にかかることがない。むしろ我々の日本列島においてそのパターンがよくみられることがだんだんわかってきたのである。

いったい、どうしてそのようなことになったのだろうか。

ふたたび半眼について

そのうち私は、日本でつくられた仏像のなかで、目を半眼に見開いているパターンがじつに多いことに気がついた。釈迦であれ、大日、阿弥陀であれ、どれをみても静かな半眼の表情になっている。地蔵や観音もそんなタイプが目立つ。日本人はいったいいつから、こんなふうに半眼好きになったのだろうか。それは日本人の仏教信仰となんらかのつながりがあるのだろうか。

あるとき私は、わが国の仏像に半眼タイプが多いのは、もしかしたら半眼の涅槃像と関係があるのかもしれないと思うようになった。ガンダーラ仏のように目を見開いたまま横たわっている涅槃像は、この世を去られたお姿であるとはいっても、まだこの世におとどまりになっているような生々しさをとどめている。仏の死をその通りに認めたくはない人間たちの願望をそのまま受け止めている仏のようにみえる。ところがそれに対して、両眼を完全に閉じて横たわっている涅槃像は、すでにこの世を去ってはるかかなたの仏国土や浄土に往生されている。手のとどかない世界に飛び去ってしまった仏の姿に映る。

ところが半眼の涅槃像となると、状況が鮮やかに転換していることがわかる。この世でもあの世でもない、その境界のはざまに立ってこちらをうかがっているお姿にみえてくるからだ。死の世界と生の世界を、目を細めるようにしてみつめている姿、と言ってもいい。過去と未来に遠いまなざしを投げかけている深い目である。死の静寂に憩う閉眼のポーズでもなければ、現世の猥雑（わいざつ）に関心を注いだままの開眼のポーズでもない。彼岸（ひがん）と此岸（しがん）の中間にふみとどまっている救済者のまなざしである。それが深みのある視線を生み、凄味のある瞳を点ずることにつながったのではないだろうか。

そういえば、能面の世界でも同じようなことがみられる。翁の面を思いおこそう。白髪をいただき白髯を垂らした翁の表情である。額にしわが寄り口元がすぼまっているが、目元が半眼に開かれている。柔和で、優しい目になっている。成熟した老人の表情になっているが、究極の鍵をにぎっているのがその美しい半眼であることは言うまでもない。

若い女の顔を模してつくられた小面（こおもて）などもそうだ。両眼が細く切れ上っているところが印象的である。翁面の場合もそうであるが、この小面もちょっと顔を動かすだけで複雑な喜怒哀楽の感情をあらわし、不思議な妖気を発散する。能の舞いと能面の半眼のあいだは、微妙で張りつめた糸でつながっているのではないか。そもそも能の舞台がこの世とあの世の人間が交流する場であったことを思いおこそう。シテを演ずる亡霊は、半眼のまなざしを得てはじめて生き生きと舞いを舞うことができるのかもしれないのである。

幽体離脱

平成二二（二〇一〇）年のことだ。南アフリカでおこなわれたサッカーW杯の大会で、とくに私の記憶に刻まれたのは、前日本代表監督だったオシム氏のつぎのような言葉だった。

「若者たちを甘やかしてはいけない。彼らはすぐつけあがる」

なるほど、と思わないわけにはいかなかった。その忠告は、日本を代表する「青いサムライ」たちだけではなく、猛獣のごとく走り回る外国勢の場合にもあてはまるはずだと、オシム氏は思っていたに違いない。

日本勢はせっかく決勝トーナメント一回戦に出場しながら、そのパラグアイ戦で敗退してしまった。敗因を分析したオシム氏は、要するに精神的重圧に対応することができなかったからだと言っている。

このオシム氏の忠告によって私が思いだしたのが、スピードスケートで華々しい成果をあげた五輪選手・清水宏保氏の言葉である。氏は、二〇一〇年のバンクーバー冬季五輪には参加できなかったが、その前のトリノ五輪まで四大会連続で冬季五輪に出場し、金銀銅メダルを獲得している。その清水選手が、日頃こんなことを言っていた。

よく、オリンピックを楽しもう、と人は言う。しかし選手も、見る人も「楽しむ」をはき違えてはいけない。五輪はけっしてお祭りではないからだ。だから、場の空気を楽しんではならない。個々の選手に押し寄せるプレッシャーを楽しむべきなのだ。

重圧（プレッシャー）とは、選手にとっては要するに栄養剤（サプリメント）なんだ。

その清水宏保氏は、サッカーＷ杯大会における日本チームの戦いぶりを観ていて、やはり「重圧をサプリにすればよい」と言っていたが、それが印象に残っている。

それなら選手たちは、試合に出るにあたって、どんな心の準備をして臨んだらよいのだろうか。氏は試合当日になると、三時間半ほど前に会場入りするのだという。そして最初にやるのが観客席に座ることだった。四カ所ぐらいに移動して座り、いざ試合がはじまって自分が滑っているであろう状態をじっとイメージする。このメンタルリハーサルに打ちこむと、かなりの程度気持ちを落ち着かせることができる。

試合前にやる「幽体離脱」のようなものだとも言う。自分の体から魂が一瞬抜け出ていって、上から見下ろし、自分自身を客観視するというわけである。そして、こんなふうに議論を展開していく。

地球には戦争をしている場所もある。地震で壊滅している都市もある。地球温暖化で沈もうとしている島もある。自分はこんな小さいリンクで、レースなどという小さなことに悩んでいる。なんとちっぽけな存在か。そう感じられるようになれば、すっと楽になれる。プレッシャーなんてどうでもいいことだ。

（朝日新聞二〇一〇年二月十二日、「西村欣也編集委員との対談」から）

話はかわるが、ブラジル出身の天才的なカーレーサーのアイルトン・セナは、世界チャンピオンの座についたとき、僕は神に近づいた、と語っている。それもそのはず、平均時速二〇〇キロ、最高時速三五〇キロのＦ１を操って、エンジンも心臓も破裂しろとばかりに生命をかけた大レースに勝ったのだから……。

彼は、地上を走るスピードの限界点で神を感じたのである。

世界のトップクラスのドライバーたちは、大レースに出場する前に、あらかじめ意識を集中して、全コースを走り抜ける自分の車の軌跡を脳中に刻みこむという。その通りにいくときレースに成功し、いかないと負ける。場合によっては事故をおこして死ぬことさえある。レースの全行程をイメージのなかに鮮明に把握することができたとき、はじめて彼は恐怖と不安を克服し、勝利を確信することができるのである。

同じことは、たとえばスキーのジャンプ競技にも言えるであろう。ジャンパーたちは大きな空気抵抗にあい、ほとんど空中分解するといった危機意識にさらされる。それだからであろう。彼らはスタート前に、ジャンプ台を踏みきって空中に舞い上がっていく自分の身体シュプールをしっかりと脳中に思い描くのだという。そのイメージ・トレーニングにのって無事着地に成功するとき、異界遊泳を楽しむ神のごとき愉悦を感ずることができたはずである。

私は、人が死ぬときの状況も究極的にはこれと似たものではないかと思っている。死に臨む者は、カーレーサーやスキーヤーのように、これからはじまるであろう猛スピードの異界への旅を脳中にたたみこんで、最後のスタートをきろうとしている。そのイメージ・トレーニングに成功するとき、彼は死の恐怖と不安をのりこえ、自身の霊気的シュプールにみちびかれてあの世に旅立つ。

まさに清水宏保氏の言う「幽体離脱」の体験である。

奇跡の生還

十年ほど前、チリ北部のサンホセ鉱山で、まさに驚異というしかない人命救助の新たな物語が発生した。文字通り、空前絶後の奇跡といわれるようになるかもしれない。

平成二二（二〇一〇）年八月五日のことだった。二度にわたる大規模な落盤事故がおこり、三十三人の作業員が地下約七〇〇メートルの暗黒の穴にとり残された。

時をおかず、官民をあげての救出作戦がはじまる。国際支援の輪もひろがり、七十日の短時日を要しただけで、三十三人全員が無事地上に生還することができた。最長寿者が六十三歳だった。

生存者を閉じこめる暗黒の穴までトンネルを掘削し、救出用のカプセルを昇降させることに成功した技術の勝利でもあった。

生還者たちを迎える世間の熱狂ぶりもケタ外れのものだった。映画製作や体験記出版の話がもち上り、世界中の企業から再就職の依頼が舞いこみ、報奨金の提供を含めて、このさきその波紋がどこまでひろがっていくか、予測がつかないありさまだった。

過熱し続けるメディアの報道も類をみないものだった。「奇跡の生還」という言葉が随所に踊っていたが、そのような異常ともいうべき光景をみていて私が思いおこしたのが、今から四十八年前に発生して世間を驚かせた、もう一つの「奇跡の生還」物語である。

一九七二年のことだ。事件の舞台となったのが、奇しくも今回の場合と同じチリである。四十五人を乗せたウルグアイ空軍機がアンデス山中に墜落し、このうち十六人が七十二日目に生還したという事件である。つまりこのときは二十九人の犠牲者がでている。しかも七十二日目に生還したというのが、二〇一〇年の落盤事故の七十日で全員生還することができたことと、偶然のこととはいえ、近似しているところが面白い。

このとき生還した十六人は、死んだ仲間の遺体を食べることでいのちをつなぎ、生還することができたのだった。その生存者たちの衝撃的な証言にもとづいて、「生きてこそ」という米映画（一九九三年）がつくられた。そのときの生存者たちが、落盤事故の現場の鉱山を訪れ、生還した作業員たちを祝福し励ましたのだという。「作業員たちの苦痛は、我々が感じたのと同じ」だっただろうと述べて、その孤独なたたかいをたたえている。

じつは、その四十八年前に発生したアンデス山中への墜落事件であるが、その空軍機は双発のプロペラ機で、深い雪の斜面に墜ちたのだった。乗客は飢え、渇き、寒気のなかで一人また一人と死んでいった。が、やがて生き残った者たちが、誰からともなくその死んでいった仲間を食いつないで、七十二日間をしのいで生還する。それが十六人、自殺者は一人もでなかったという。

この話はのちにＰ・Ｐ・リードの『生存者』（永井淳氏訳・平凡社）において再現されることになったが、そこでつぎのようなことが語られていて、印象に残っている。

アンデス山中に墜ちた人たちは、みんな強烈なカトリック教徒だった。したがってそこで発生した事件のすべてを、「神」の意思もしくは許し、という観念的な膜を通して、納得していた。そして第二に胸を打つのが、そのやむをえず採用しなければならなかった「人肉食」の振舞いに関する事柄である。生き残った人間たちは雪原のなかの極限状況のさなかでも、ただ生きていくためにだけ食べるのでは満足することができず、脳と腸のシチューをつくったり、肉をステーキにしてみたり、骨でスプーンをつくったりしたのだという。

そのときの生存者の一人は、つぎのような告白をしている。

これは肉なんだ。ただそれだけのものなんだ。彼らの魂は肉体をはなれて、いわば神とともに天国にいる。あとに残されたものは単なる死骸で、我々が家で食べている牛の肉と同じものだ。もう人間じゃないんだ。

私はこの一節にふれたとき、どういうわけか「万葉集」の挽歌を思いおこしていた。そこでは、人間は死ねば、魂が肉体から離れて、山や天に昇っていくとうたわれていた。古代の万葉人にとっては魂の行方だけが重大な関心事であって、あとに残された遺体は魂の抜け殻にすぎないものだったからだ。

私は、アンデス山中から生還した人間のさきの言葉を知らされて、もしも自分がその場にいたらどのような態度をとったであろうかと想像してみた。おいそれと結論が出る話ではないのだが、まっ先に思い浮かんだのが、自分には万葉人のような「魂」の行方についての関心がほとんど失われているのではないかという反省であった。一人の平均的なニッポン人としていえば、神を信ずるチリの生存者のような自己弁明に、わが身をゆだねることはもはやできないだろうと思ったのである。

骨噛み

こんど（二〇一一年当時）山本作兵衛（一八九二—一九八四）の画文集『筑豊炭坑絵巻』など六九七点が、日本ではじめてユネスコの「世界記憶遺産」に登録されることになった。そのことはマスメディアでも報じられ、とりわけ二〇一一年七月二十八日のＮＨＫ「クローズアップ現代」でも紹介されているから、ご存じの方も多いだろう。まことおめでたい知らせである。

その「画文集」というのは、九州の筑豊炭田で五十余年間も坑夫として働いた山本作兵衛が、閉山後に筆をとって描いた『明治大正炭鉱絵巻』と称するものだ。これはすでに一九七三年に『筑豊炭坑絵巻』として葦書房から刊行されている。

それを制作した目的は、子孫のために明治、大正、昭和時代の「ヤマ人」たちの容相と人情と生活の姿を書き残しておくためだったという。それで六十歳をすぎてから、一念発起してとり組んだ仕事だった。

そのなかに「舟頭と陸蒸気」という絵があるが、それはマッチ箱のような機関車と炭車が鉄路を走る光景を、川舟に乗った船頭が恨めしそうに見つめている。作兵衛の父親も遠賀川の川舟船頭だったが、鉄道の開設によって家業に見切りをつけ、採炭夫となった。それで彼も尋常小学校の頃から坑内に下がり、以後、親子二代にわたって坑夫生活を送ることになる。

「入坑する母子」という絵もある。これは典型的なヤマの作業風景である。坑内での作業は先山（採炭）と後山（運炭）に分けておこなわれ、多くの場合夫婦でその仕事にあたった。子どもは物心がつく頃から雑用係として坑内へ下がり、親を手伝うのが宿命とされた。

これらの作品は、運命共同体としての炭鉱の生活を虚飾なく、事実だけを追って淡々と描いているが、ときにはガスの大爆発事故が発生し、六百人以上の死者が出た。そのときのことも描かれている。そのなかには多数の乳幼児も含まれていたのである。じつはその一連の絵のなかに、坑内で死んだ坑夫の骨を同僚が噛む凄まじいシーンが出てくる。生き残った坑夫が死んだ仲間の髑髏をもちあげて、その腰のあたりにくらいついている。もっともこの場面はさきのNHK「クローズアップ現代」ではさすがに紹介されてはいなかったが、しかしこれはかつてわが国の民俗社会では「骨噛み」慣習として知られていたのである。それが筑豊の炭鉱労働者のあいだにも、まだ残っていたのであろう。

もっともこの「骨噛み」は、実際には死者の出た家の弔いに参加することを意味していたのであって、それを食べることではなかった。『絵巻』の「骨噛み」の場面において山本作兵衛もそのことにはふれていて、それは「葬式に関する事、又は会葬すること」であって、「本当に骨を食べるのでないから、安心してください」と書いている。

その絵を見て思いおこしたのが、沖縄の各地でおこなわれていた茶毘豚（ダビワー）の慣習だった。とくに老人が死んだようなとき、葬家の人々が豚を殺して会食するのであるが、このとき会葬者たちはその豚の骨を食べながら、これが婆さんの骨、あれが爺さんの骨とか言って食べるのだという。泣きながら、みんなで食べる。

茶毘豚というのは、茶毘に付された豚ということなのだろう。茶毘に付された死者の遺体と豚のイメージがそこに重ねられていたに違いない。それにしても、茶毘豚とは言いも言ったりだ。

おそらくもともと死者の骨を噛むというのは、そうすることで死者への哀悼の気持ちをあらわすことであったのだと思う。それが沖縄では、死者の骨を噛むかわりに豚の骨を食べ、その骨を噛むようになったのが茶毘豚という慣習をみちびきだしたのではないだろうか。

そういえば、屋久島や種子島でも、葬式に行くことを「ホネカミに行く」と言っていた。それだけではない。八重山諸島でも、葬式に行くことを「ピトカンナ」（人を噛みに行く）、「ピトゥクンナ」（人を食いに行く）と言っていたのである。その風習があとになって、牛馬や豚の肉を食べることに変化していったのだろう。

話はかわるが、一九九六年の四月のこと、俳優の勝新太郎が父親の四十九日法要の際に、その遺骨の一片を食べて関係者を驚かせたことがあった。彼の父親は長唄三味線の大御所、杵屋勝東治で、その息子が納骨するとき、「お父ちゃんといっしょにいたい」という気持ちから骨を噛んだのである。（報知新聞・四月八日付）

かつて昭和維新を唱えた渥美勝（一八七七―一九二八）も、母の遺骨を墓所に葬るかわりに食べようとしたことがある。そのとき「母をおれのふところへ葬ろう。母はきっと喜ぶに違いない」と語っている（橋川文三『昭和維新試論』、朝日新聞社、一九九三年）。

もっともこれらは、山本作兵衛の作品が「世界記憶遺産」に登録されたこととは何の関係もない話である。ただ、日本人の遺骨信仰の根深さのようなものの秘密を解くカギが、そこにはあるかもしれないのである。

お婆さんのお念仏

もう半世紀ほども前のことになる。九州の熊本で用事があり、朝早く起きて、羽田からギリギリの予約便に乗りこんだ。

すると、隣の席にはすでに先客がきていて座っていた。

七十近くのお年寄りだった。けれどもその様子が、どうみても普通ではなかった。

着物姿のお婆さんが、履物を脱いで、その小さな体を座席の上にちょこんとのせていたからである。

見ると、シートベルトは腰にちゃんとかかっているのであるが、両の掌を合わせて、しきりに口をもぐもぐさせている。聞きとれないような低い声で、念仏を唱えていたのである。両眼を半ば閉じ、一心になって口を動かしているのがわかる。

ハハーン、と私は腹のなかでうなづいた。お婆さん、あなたもそうですか、と思ったのである。いい道連れができた、気のおけない仲間が隣に座っている、そう一人合点すると嬉しくなってきた。

飛行機が動き出し、滑走路から飛び立っても、お婆さんの口のもぐもぐは止まらなかった。背をのばし姿勢を正したまま、膝のあたりまで微動だにしなかった。体のポーズが決まっていたのである。

飛行中、私は、小刻みにきこえてくるお婆さんの念仏の声に、自分の体の震動をまかせっきりにしていた。やがてその熊本便は一時間余りの飛行を終えて無事着陸し、滑走路から外れてようやく停止した。機内放送がそのことを告げたとき、お婆さんはようやく念仏の声を止め、しずかに両眼を開けた。

無事に着いて、よかったですね、私がそう言うと、ニコッと微笑みを返してくれた。

お婆さんのお念仏のおかげで、飛行機は墜ちませんでしたよと言うと、お婆さんはコロコロと笑って、両手で顔を覆うような仕草をした。私はそのとき、自分の体全体が軽やかにリラックスしていることに気がついたのである。

じつをいうと私も、飛行機に乗るのが嫌いだった。今でもなかなか好きにはなれない。日本で旅をするときも、外国に飛んでいくときも、それを利用しなければならないようなとき、何とも奇妙な胸騒ぎが襲ってくる。

要するに、臆病なのである。

いつのことだったろうか。飛行機に乗るときは、美空ひばりさんと都はるみさんの歌をカセットに仕込んでイヤホンをつけ、音量を最大にして聴くようになった。すると離陸するときも着陸するときも、不思議なことに不安な気持ちが薄らいでいくのである。

そのときの気分で、二人の歌を交互に聴いていたのであるが、そのうち離陸するときは、ひばりさんの歌を、着陸するときは、はるみさんの歌を聴く癖がついていた。離陸するときはひばりが空に舞い上がるように、そして着陸するときははるみさんのうなり節を背にして、と思うようになっていたからだった。

二〇一一年の九月のことだった。台風12号と15号が、近畿地方と紀伊半島を立て続けに直撃し、その地に大きな被害をもたらした。

そのとき私は、たまたま仕事で北海道に飛ぶことになっていたのであるが、私としたことが、ついひばりさんとはるみさんの歌のカセットをカバンの奥に入れておくのを忘れてしまった。ところが、仕事を終えて千歳空港から発つときになって、予想されたことではあったが、台風12号の接近のため、急遽四時間おくれの別の便に乗りかえなければならなくなったのである。陽はすでにとっぷり暮れていた。千歳を飛び立った飛行機が夜の伊丹空港に近づいたとき、案の定、機体が大きく揺れはじめた。私はひばりさんとはるみさんの歌をもってこなかったことが何とも悔しく、情けないことに地団駄を踏むような気持ちになっていた。

そのとき不思議なことに、記憶のなかから浮かび上ってきたのが、あの半世紀前に見たお婆さんの姿だった。離陸のときから着陸するときまで、やすむことなく一心に念仏を唱え続けていた、お婆さんの背筋をのばした姿だったのである。

遠くの空のかなたから、そのお婆さんの念仏の声がきこえてくるのを思い出しながら、私は着陸のときを待っていたのである。

ロック嫌い

ロンドンのオリンピックが開幕したとき（二〇一二年）のことだ。テレビでその光景を見ていてなつかしい思い出にふけった。

きっかけは聖火がともり、花火が打ち上げられ、観衆の興奮が頂点に達したときだった。会場になったスタジアムにポール・マッカートニーがあらわれ、かつてのビートルズのヒットナンバー「ヘイ・ジュード」の歌声が会場全体に響きわたった。

そのときから二十年ほど前のことだ。私はたまたまロンドンを訪れ、ポール・マッカートニーと偶然のような、奇妙な出会いをしたからだった。とはいっても、その人に実際に会ったわけではない、彼の存在の意外な浸透力を前にして、ただ呆然と立ちすくむ、そんな経験をしたのである。

開会式で歌われた「ヘイ・ジュード」にもどっていえば、それが発表されたのは一九六八年、東欧の民主化を求めた「プラハの春」がソ連の軍事介入によって封じこまれた年である。ベトナム戦争はすでに泥沼化し、世界中で若者が変革を求めて街頭に集った。そんな時代の危機の雰囲気を蘇らせるかのように、ポール・マッカートニーのほとばしるような声がきこえてきたのである。

やるのは君自身なんだ
君が求める動きは君自身が背負っている……
始めるんだ
きっとうまくいくさ……

私がそのロンドンで大英博物館を訪ねたのは、ちょうどサッチャー首相が政権の中央に坐り、英国病の退治のために辣腕をふるっているときだった。私の直接の目的は、ロンドン大学の日本研究者たちと会い、意見を交換するためだったが、そのロンドン大学から歩いてわずか五分ぐらいのところに大英博物館があり、その名所をちょっとのぞいてみようという軽い気持ちでそこまで足をのばしたのである。

入ってすぐのところに特別室があるのに気がついた。そこはヨーロッパを代表する政治家、芸術家、宗教家たちの書簡やノート、それに楽譜や重要文書が、ところ狭しと陳列されている、文字通りに豪華な古文書室になっていた。

部屋の中央にマグナカルタの原本が立派なガラスケースの中にうやうやしく置かれていた。まさにイギリスの立憲政治、議会制民主主義を体現する源泉として、おごそかに鎮座しているではないか。そのマグナカルタの周辺にはバッハ、ハイドン、モーツァルト、ベートーベンといった大陸の音楽家たちの書いた楽譜がそれを取り巻くように陳列されている。それがすべてオリジナル。世界を制覇した大英帝国の栄光を、一望の下に眺めることができる仕掛けになっていたと言っていい。

部屋の中をあちらこちら見ながら歩いていたとき、隅の一角にひそかなたたずまいで置かれている陳列ケースが目にとまった。近づいてみると、その中に一冊の古びたノートがポンと無造作に置かれていた。何だろうとさらに目を近づけると、何とそこにはポール・マッカートニーの自筆で一篇の詩が書きつけられていた。開かれたページに乱暴な文字をつらねた、あの「イエスタデイ」の歌詞が浮かび上っていたのである。私はしばしその粗末なノートを前にして、なぜそれがそこに置かれているのか、意味がわからないままにポカンと立っていた。が、やがてハッと気がついた。

かつて大英帝国は世界の七つの海を支配していたが、こんにち、その栄光の輝きはすでに地に堕ちてしまっている。ところが一九六〇年代になって、新しい世代の中からビートルズという若者のグループが登場し、音楽の力によってみるみる世界の若者たちの心をつかんでいった。さきの「ヘイ・ジュード」や「イエスタデイ」のビートルズ・ナンバーがまさに世界を制覇していった。かつての大英帝国が打ち立てた栄光の歴史はもっぱら軍事力と政治力によるものだったのに対して、彼らは音楽の力によって世界をおのがものにし、英国の失なわれた栄光をとりもどしたのである。その動かぬ証拠が、大英博物館の古文書室の展示ケースの中に置かれていたということになるのだろう。

ビートルズは、イングランドの西海岸にある港町リバプール出身の音楽グループとして活動をはじめている。メンバーの多くは両親が離婚したりしていて、貧しく不幸な青春時代を送っていた。そういう恵まれない四人の少年たちが音楽を通して知り合い、さまざまな試練をのりこえて世界のロックの頂点に立った。

彼らの存在と成功物語が世界中に知られるようになった画期が、一九六四年二月におこなわれた初のアメリカ公演においてではなかっただろうか。ケネディ国際空港は、彼らを迎える熱狂的なアメリカの若者たちであふれ返ったのである。その六〇年代のアメリカはまだまだ健康な明るさに満ちあふれ、若々しい力がみなぎっていたように思う。

私は長いあいだロック音楽なるものになじめないできたのであるが、ロンドンにおけるオリンピック開幕時の祭典で久しぶりにポールの歌声を聞き、自分のロック嫌いがいつの間にか改まりはじめていることに気がついたのである。

咸臨丸（かんりんまる）の後日談

いつのことだったたか、暮に急に思い立って瀬戸内の塩飽諸島（しわくしょとう）を訪ねた。新幹線で岡山に行き、瀬戸大橋を渡って香川県の丸亀に着く。道案内を買ってくれたのが産経新聞松山支局の黒川仁朗さん。丸亀港からフェリーに乗り、塩飽諸島の拠点になっている本島にあがった。「塩飽」とは珍しい名であるが、塩を焼く、に由来するともいう。周囲には大小二十八の島々が点在している。島の人々は古くから、すぐれた操船と造船の技術をもっていた。それで織田信長や豊臣秀吉の御船方をつとめるようになった。その活躍がよほど目ざましかったのだろう。江戸時代になると幕府にやとわれ、千二百五十石の領地をもらって自治がみとめられている。

その要となったのがいま述べた本島で、江戸時代の政所跡「塩飽勤番所」が国指定の史跡とされ、往時の面影を残している。その勤番所には、信長、秀吉、家康から与えられた朱印状が保存されていた。朱印状は幾重にもなった漆塗りの箱に入れられ、さらに大きな石の棺に格納され、土蔵の中に保管されてきたという。その権威をかさにきて、島の自治政治がおこなわれていたわけだ。

もうひとつ、私がこの塩飽諸島を訪れようと思ったのは、幕末の動乱期に太平洋を渡った「咸臨丸」の水主（水夫）たちの多くが、この島々の出身者だったからであり、その後の消息を知りたかったからである。じつは私は昭和六（一九三一）年に、たまたまサンフランシスコで生まれたが、それは父親が浄土真宗の海外開教使として北米に赴任していたからだった。その後六歳のときに帰国し、戦時中は疎開で母の故郷、岩手県の花巻で過ごすことになった。

もう二十年近く前になるが、サンフランシスコの本願寺仏教会が北米開教百周年を記念する法要を営むということで招かれ、出席したのだった。そのとき、同地の郊外にある日本人墓地での法要にも参列する機会があった。墓石のあいだを一巡してみて胸を衝かれた。一世紀のあいだその地に眠り続けている一世二世の日系人たちの声なき声が、そこにはこだましていたのである。

咸臨丸は万延元（一八六〇）年、幕臣だった勝麟太郎が艦長として乗り込み、指揮をとったことでよく知られている。乗員ら約百人とともに、真冬の浦賀港を出て、命がけの一カ月余りの航海を経て、サンフランシスコにたどり着いている。乗員には福沢諭吉やジョン万次郎といった歴史上有名な顔ぶれもいたが、実際に船を操ったのは五十人ほどの水主たちで、そのうちの何と三十五名がさきの塩飽諸島の出身者だった。そのうち源之助、富蔵といったわずかな水主が病いでこの世を去り、姓のない名だけを小さな石に刻まれて、その日本人墓地の片隅に葬られていたのである。

私はかねて、いつかは彼らの故郷を訪ねてみようと思うようになっていた。無事任務を終え、母国にもどることのできた水主たちのその後の運命についても知りたかった。調べていけば、これまであまり語られることのなかったもうひとつの幕末維新の裏面史が浮かび上ってくるかもしれない、そう思うようになっていたのである。

本島には、サンフランシスコから無事生還することのできた水主たちの墓があった。その多くは浜辺に近い砂地の一画につくられていた。そのような墓地が島内には何カ所か設けられていたが、私が行ったときは訪れる者は誰もなく、寂しい冷たい風が吹きわたっているだけだった。驚いたことにそれらの墓地には、亡骸を土葬にしてその上に自然石を置いただけの「埋め墓」と、墓碑銘を刻んだ墓石をすえている「詣り墓」が、ともに寄りそうような形でつくられていた。

もっともわが国には古くから、両墓制といわれる習慣が各地に残されていることは私も知っていた。一つが、お彼岸やお盆など日常的にお詣りする「詣り墓」である。それはふつう、村や町にある菩提寺の墓地につくられているが、もうひとつはそれとは別に、山麓などの遠く離れた場所に遺体を埋めて日頃は訪れない墓をつくり、これを「埋め墓」と称していた。亡骸を埋めているところだから、そこには死の汚れが漂っていると考えられていたのではないだろうか。それに対して町場の「詣り墓」には、死者の浄められた霊魂が鎮まっている。ところが塩飽の島々では、もしかすると土地がかぎられているという制約から、「埋め墓」と「詣り墓」が浜辺に共存するような形でつくられるようになったのかもしれない。

咸臨丸で太平洋を渡った水主たちは、その後、幕府軍の軍艦に乗りこんで戊辰戦争に身を投ずる者がいたという。また坂本龍馬が率いる海援隊に入って活躍した人間もいたようだ。明治になって世が改まってからは蒸気船の船長になったり、貿易に従事する人々も出たという。そういえば史跡になっている塩飽の「勤番所」には、彼らが海外からもち帰った西洋ガラスの食器などが展示されていたのである。

伊藤比呂美という詩人の面白さ

東京のど真ん中で道に迷ってしまった。

タクシーの運転手さんといっしょになって、その場所を見つけかねていたのだからどうにもならない。目的地は目黒区の駒場にある日本近代文学館だったのだが、その入口がわからない、それでウロウロしていたのだった。

汗だくの運転手さんがようやく公園の入口にたどりついて、その門を入って左に歩くとそれがあると教えてくれ、ようやくひと息つくことができた。

文学館では以前から「声のライブラリー——自作朗読と座談会」というのをやっていて、それに招かれたのである。柄にもないことをやろうとして、それで道に迷ってしまったのかもしれない。このところ右眼の緑内障がすすんでいるので、それも調子を狂わす原因になっていたのだろう。

その日いっしょに朗読することになっていたのが平成十四（二〇〇二）年に『春の庭』で芥川賞をとられた柴崎友香さんだった。二人がそれぞれ二十分ほど自作を朗読したあと、コーディネーターの詩人、伊藤比呂美さんを交えておしゃべりをする。その催しを仕組んだのが伊藤さんだった。

人さまの前で自作を朗読するなど、小学生時代の学芸会以来のことだったから、心ここにあらず千々に乱れたが、道に迷ってしまったのもそのためだったのかもしれない。東京の空は晴れていたが、強い風が公園の高い樹々を揺らしていた。

伊藤比呂美さんとはこれまで何度か対談する機会があったが、それを集めて『先生！どうやって死んだらいいですか？』（文芸春秋、二〇一四年）を出版していた。はじめそのタイトル案を見せられたとき、びっくりして天を仰ぎたくなる気分に襲われたが、伊藤さんと話をはじめると、いつも意表をつかれて仰天し、タジタジとなっている自分を見出す。こんどの朗読会の場面でもそうだった。

伊藤比呂美という詩人の名前が、突然、私の眼の中に飛びこんできたのは、もう三十年以上も前のことだった。

胎児はウンコである
出産はウンコの排泄である
……
大便みたいに
産もう、一緒に
すてきなラマーズ法で
うー

かなり風変わりであるけれども、とてつもなく過激な詩を書いている詩人がいるものだと、私にはそれ以来忘れることのできない名前になったのだ。最後の「うー」というのが、じつにうまくはまっていて、何ともいえない効果を発揮している。

私にも似たような体験があった。ちょうどこの詩を知った頃だが、たまたまチベットのラサに旅して、ダライ・ラマの居城だったポタラ宮殿を訪れた。便意をもよおし、トイレを借りたのだが、そこは広い板間になっていて、まん中に小さな穴が空いていた。見ると下は二、三〇メートルもあるかと思う吹き抜けになっていて、下腹部からしぼりだされた排泄物が速度をつけて落下していった。あのときの官能的なエクスタシーの感覚が、一瞬甦ったのである。

それからかなりの時間が経ち、いつの間にか伊藤比呂美さんはたくさんの詩を書き、エッセイを発表し、小説を執筆し続けている。結婚をし、やがて離婚し、こんどは子連れでアメリカ在住の英国人と再び結婚していた。カリフォルニアに移住して日本からは離れることになったが、その頃九州の熊本には老いたご両親がおられ、そのためアメリカと日本のあいだを飛行機で行き来する遠隔地介護の日々が続くことになった。

そんな比呂美さんに会うとき、私はよく「あなたはさしずめ、現代の空飛ぶ護法童子（ごほうどうじ）ですね」という。護法童子というのは、昔、お坊さんの師匠について修行し、必要とあれば空を飛んでどこへでも行き、困った人々のいのちを救った童子のことだ。その護法童子は、かわいい童子の姿をしているけれども、眼光が鋭く、着物のまわりにはたくさんの剣をぶら下げている。それが宮崎アニメの『魔女の宅急便』よろしくビャーッと空を飛んでいく。伊藤さんのご両親に対する遠隔地介護の凄さが、そんな連想を呼んだのである。

伊藤さんのご家族は英国人の夫と、父親を異にする三人の女の子であるが、それが彼女の筆によるとつぎのようなことになる。

「日本語のぜんぜんできないのが一人、かつがつしゃべれるのが一人、しゃべれるけど読み書きはできないのが一人、しゃべれて読めて書けるけど、読めるのは漫画限定で、書けるのはメモ書き限定というのが一人。かえって（飼っている）犬が、日本の犬程度の日本語を何不自由なくきちんと解す」。

伊藤比呂美さんのこれからが、ますます楽しみになってくるのである。

二重国籍者

サンフランシスコは私の生れ故郷であるが、六歳のとき日本に帰ってきたためか、その頃の記憶はほとんど残っていない。船で太平洋を渡っているうちに忘れてしまったのだろう。父親が本願寺教団から派遣された開教使として、一九二〇年代から三〇年代にかけてその地の仏教会に駐在していたのである。

ものごころついた頃から、父親が「桑港（そうこう）」「桑港仏教会」と口癖のように言っていたのが、今ではなつかしい。「サンフランシスコ」とはほとんど言わなかったように思う。桑港という名を、横浜や神戸というのと同じような気分できいていたのである。それが子どもの頃からの私のアメリカ感覚だった。

それ以来、私はアメリカには行っていなかったが、一九八五年になって、シカゴでの学会に出席するため渡米することになった。四十八年ぶりに生れ故郷に帰ることができたのである。学会が終ってから私は「桑港」に立ち寄り、かつての「桑港仏教会」のメンバーの方々にお目にかかることができた。

仏教会では、日曜日の礼拝に、午前は二、三世のために英語で説教がおこなわれ、午後は主として一世たちのために日本語で説教がおこなわれていた。

一九二〇－三〇年代は、カリフォルニアを中心とする西海岸に日系移民が活躍し、本願寺教団もそれらの日系移民を中心に教線をのばしていた。しかしその半面、アメリカにおける排日運動も日増しに勢いを強め、やがてあの暗い戦争の時代に突入していった。

サンフランシスコに滞在していたある一夜、私の両親にゆかりのある方々が会食の集いを催してくださった。みんな七十代から八十代にかけてのご老体ばかりだったが、当時の珍らしい写真をもってきてみせてくださったり、予想外の思い出話を披露してくださった。

やがて話は、戦争中の収容所時代のことに移っていった。つらかった体験が回想され、しかしそれにもかかわらず楽しかった日々のことが話題にのぼった。ちょうどその頃、日本のＮＨＫが放映したドラマ『落日燃ゆ』のことも話に出た。アメリカでは、それを観ることはできなかったという。

会が終り、食べ残した料理を折り詰めにしてもらい、全員で記念写真をとった。私も底の温かい折り詰めをもらって、ホテルにもどった。

その時から十三年ほど経って、その「桑港」の地を再訪する機会がめぐってきた。一九九八年のことだった。本願寺教団がアメリカに開教してから百年が経ち、それを祝う行事に招かれたのである。

最終日になって、サンフランシスコ郊外のコルマにある日本人墓地で法要がおこなわれた。きれいに晴れわたった青空の下に僧俗の関係者が集まり、異国の地に骨を埋めた日系移民たちの冥福を祈ったのである。

それからさらに数年経った二〇〇四年のことだった。フィラデルフィアでの学会に出席するため、久しぶりに渡米することになった。このときはたまたま管理職についていたため、公用旅券でビザ取得の申請をしなければならなくなった。それまでアメリカに旅するときは、いつも観光ビザですませていたから、公用旅券を使うというのははじめての経験だった。

すると折返し大阪の総領事館から連絡があり、即刻、米国旅券をとる手続きをするようにとの注意をうけた。事情を聞くと、私にはまだ米国の市民権があるからとのことだった。

敗戦後、私は二十歳のときに選挙権を行使し、それを機に米国の市民権は自動的に消失したものと思いこんでいた。ところがそれがそうではなく、私は二重国籍者のままだったのである。国籍に関する考え方が米国では出生地にもとづいていて、それに対して日本においては本籍地主義をとっているからだった。その場合、もしも米国籍を放棄しようとするときは、そのための法的手続きをとらなければならなかったのであるが、私はそれをしていなかった。戦後になって、法改正がおこなわれていたことを知らなかったのである。

それでいたし方なく私は、総領事館の助言を得て、米国旅券をとるための書類をととのえることになった。そのなかに、米国桑港から、あらためて「出生証明書」をとり寄せるという一条があった。教えられた通り、自宅のファックスを使って申請書を送ると、驚くべきことに翌日になって、それが軽快な機械音にのって送られてきたのである。

その「出生証明書」を手にとって眺めたとき、七十五年前の自分自身と対面しているような気分に誘われた。見ると「証明書」の四隅には手垢でよごれたようなシミまでがにじんでいる。久しぶりに見る父親の署名の筆跡までが、なつかしい過去の記憶を呼び覚ましてくれたのである。

以来、手続きを怠ったまま、私は二重国籍者のままでいる。

リニア新幹線

リニア中央新幹線の工事がはじまって、随分と時間が経つ。まず第一期目は、東京――名古屋間につくり、二〇二七年の開業をめざすという。そのあとの第二期が名古屋――大阪間となるが、工事の完成がいつのことになるのか、まだわからない。

第一期・第二期がとどこおりなく進んだ暁には、東京から大阪までわずか一時間余りで疾走するというのだから、凄いものだ。

ただ当初の計画から「京都」はそのルートから外されていたので、はじめの頃は「京都駅」を誘致する動きが、京都の政財界を中心に本格化していた。もちろん、それには賛否両論があり、地元市民の意見もさまざまだった。

リニア京都駅が実現しても、停車本数がすくなければメリットは薄い。首都圏からの日帰り客ばかりが増えるのではないか。騒音や電磁波の影響も無視できない。それに災害時に、どうなるのか。あげていけばきりがないが、本当のところは、やってみなければわからないというほかはないのだろう。

それで思いおこすのが、わが国にJRの新幹線鉄道がはじめてお目見得したときのことだ。それは一九六四年のことだった。東京オリンピックの開催に合わせ、東京――新大阪を最高時速二〇〇キロ、約三時間で走らせるというものだったから世間は驚いた。

するとその七年後の一九七一年になって、面白いことに森村誠一の『新幹線殺人事件』が刊行された。この場合の「新幹線」はもちろん「東海道新幹線」のことだ。経済が上向きに転じていたためか、長編の推理小説に人気が集まる時代になっていた。その口火を切ったのが、新幹線開通の六年前の一九五八年に世に出た松本清張の『点と線』だった。これがたちまちベストセラーになる。

『点と線』は、東京駅における「四分間の空隙」で話題を呼んだが、「殺人事件」そのものは列車の外部で発生する。殺人現場として、九州の博多の海岸が選ばれていたからだ。ところがさきの森村誠一の作品は、新幹線の日常化とともに広く読まれていったが、意外なことにそこでは「殺人事件」が列車の外部ではなく、内部で発生する。東海道新幹線のグリーン車１Ａの席で、死体が発見されるのである。

もちろん、現実の東海道新幹線の方は、血なまぐさい殺人事件などはおこらずに、安全運転を続けていた。その安全性はその後も継続されていたが、やがて一九八二年になって、こんどは東北新幹線が開通にこぎつける。

そして予想されたとおり、その翌年になって西村京太郎の『東北新幹線殺人事件』が発表された。この時点での発着駅は大宮だったが、そのミステリーの刊行企画には「東海道」で成功した先例のあとを追う計算がはたらいていたのだろう。ところが不思議な符合というべきか、この『東北新幹線殺人事件』においても、「殺人事件」がなんとグリーン車の1A席で発生するのである。

　私ははじめ、東海道新幹線と東北新幹線の列車内で展開される「殺人事件」が、いずれもグリーン車の1A席でおこるよう設定されていることをいぶかったが、やがて納得させられるような気分になった。なぜなら、後から書いた西村京太郎氏は、先に書いている森村誠一氏の作品を読んでいたにもかかわらず、その「殺人現場」を、同じグリーン車の1A席という舞台に設定せざるをえなかったのではないか、と思ったからである。西村氏は、森村氏の発想を盗んだというそしりの声を甘受する覚悟で、あえてそうしたのではないだろうか。

　おそらく、新幹線のような機密性の高い空間においては、「殺人」を許容するような死角は、そこにしか見出せなかったということなのかもしれない。そのため私はそれ以後は、新幹線を利用するときはグリーン車の1A席は買わないことにしていた。推理小説界の森村・西村のような大御所がせっかく考えぬかれた推理に殉ずる気分、といってもいいかもしれない。

　そこで再び、冒頭にふれたリニア中央新幹線着工の話である。もしもこの第一期工事が予定通り実現されたとき、また誰か新しい推理作家が登場してきて、こんどは「リニア新幹線殺人事件」といった推理小説が書かれることになるのだろうか。東京――大阪間が約一時間とすると、東京――名古屋間は四十分前後ということになる。だが、そんなわずかな時間内ではたして「殺人事件」をおこすことができるのか。計画を立てるとして、それではどんな工夫と知恵をめぐらすのか。創作上のどんな新しい挑戦がはじまるのか。

周囲を見渡すと、世の中はあいかわらず推理・エンタメ・ミステリーの全盛時代である。これからの若い世代が、「リニア新幹線殺人事件」にどんな想像力をかきたてるのか、きいてみたい気がしないでもないのである。

「瓦礫を活かす森の長城プロジェクト」

３・11以後、三陸沿岸の被災地で難しい問題がおこっている。

防潮堤をどうするか。作るのか、作らないのか。高台移転をするのか、どうか。防潮堤を作れば、海の景観がそこなわれる。生活の根拠が失なわれる。それで、コンクリートの壁は作るな、の声が各地で出はじめていた。

被災地では、地元の意見もなかなかまとまらない。県をはじめとする自治体も、それらの意見をまとめきれていない。

しかし国は、コンクリートの防潮堤を作る方向に走りはじめた。ゼネコンをはじめ土建業界もこぞってその後を追って動きはじめた。

そこへ東京オリンピック景気が飛びこんできた。いつの間にか資材が足りない、人手が追いつかない、の嘆きの声があがりはじめた。
「東北」の地は、防潮堤を作るか作らないかの瀬戸際に立たされて、右に左に揺れ続けてきた。あえぎ続けてきた。

何も東北にかぎらない。このあいだ四国の室戸岬を訪ねたとき、地元の災害担当者は、南海トラフの地震が襲ってきた場合、予測されている津波の高さを前に途方に暮れていた。もう、逃げるほかはない、と。

静岡県では聞くところによると、にわかに住居の移転にともなう人口の流出がはじまっているという。おそらく防潮堤などではとても追いつかないという気持ちなのだろう。

が、このような状況のなかでも、新しい希望の動きがみられないではなかった。

被災地の沿岸にガレキを埋めて土を盛り、そこへ植樹をして、森の堤防を作るという構想である。それで津波の襲来に対抗しようというわけであるが、それで先年「瓦礫を活かす森の長城プロジェクト」なる運動体が発足した。コンクリートの防潮堤に対して、森の防潮林をつくろうという発想である。

そのアイデアを公表し、実践指導してきたのが横浜国立大学名誉教授の宮脇昭さんだった。氏はつとに植物生態学者として知られる。世界各地で砂漠化などの大地の危機を救うため、独自の方法にもとづいて植樹の運動を展開し、多くの成果をあげてきた人物である。

この宮脇さんの発想に賛同し、実現にこぎつけるための組織を立ちあげたのが元総理の細川護熙さんだった。私も誘われて参加することになったのであるが、このあいだ宮城県で大々的におこなわれた植樹祭に行ってきた。

幸いなことに、すこしずつ国の支援も受けられるようになり、また多くの人々の関心をひいて、そのフェスティバルには全国からさまざまな分野の市民がかけつけ、大変な盛りあがりをみせたのである。

場所は仙台空港の東側にある岩沼市の相野釜地区で、あの大津波のとき、空港もろとも海水に沈み、大量の犠牲者を出したところだ。当時、なんどもくり返しテレビで放映されたので目に焼きついている人も多いはずだ。

その植樹祭当日の五月三十一日は、真っ青に晴れ上った暑い一日だった。主催は岩沼市、共催が「いのちを守る森の防潮堤」推進東北協議会と公益法人「瓦礫を活かす森の長城プロジェクト」。

開会式のあと、さきの宮脇昭さんに植樹指導の話をしてもらってから植樹作業に入った。各党の国会議員も招かれていて挨拶をしていたが、自民党からは小泉進次郎復興政務官や女優の鈴木京香さん、ミュージシャンの石井竜也さんらもかけつけ、お祭りに花を添えていた。

岩沼市では、この「長城の森」を「千年希望の丘」と称して市民参加型の運動をすすめてきた。この日、全国から集まったボランティアは約六千人、夏の日差しのなか、タブ、シイ、ヤマザクラなど約七万本の苗木を植える作業がはじまった。植樹区間は約一・五キロ、参加者は瓦礫を埋めた防潮丘にのぼり、スコップをつかって広葉樹林の苗をていねいに植えたのである。この企ては前年に続いて二回目で、被災地における最大級の支援イベントになったのである。

さて問題は、この植樹運動が今後どのような広がりをみせるかである。このあと十年後、二十年後にどのような景観をみせることになるか、ということだ。

まず第一に想像されるのは、タブやシイ、カシなどの常緑広葉樹がうっそうと茂る森山の姿である。そしてその代りに、震災前までは海辺を美しく彩っていた「白砂青松（はくしゃせいしょう）」の光景がおそらくすっかり消失してしまっているだろうということだ。白い砂地を美しく浮かびあがらせていた高貴な松並木が、影も形もみえなくなっている情景である。

それに代わって我々の眼前に立ちあらわれているのが、伝統的な共同体の象徴ともいわれてきた「鎮守の森」の景観ではないだろうか。照葉樹林のイメージに包まれる常緑広葉樹林の景観である。

考えてみれば、そもそも白砂青松とはあの「源氏物語」以来の、日本人の自然観を代表する洗練された美意識だったことにあらためて気づく。その白砂と青松が、こんどの大災害によってみるも無惨にうちくだかれてしまったのだ。

「白砂青松」と「鎮守の森」をめぐる自然観について、我々はあらためて考え直すべきときにきているのかもしれないのである。

ちなみに先の「森の長城プロジェクト」は、「鎮守の森プロジェクト」に改称されている。

「東北沈没」

いま、東京が「東北」を置き去りにして、おのれの繁栄を追いはじめている。東京オリンピック・パラリンピックの招致が決まったあたりから、その狂騒曲がはじまった。

その頃私は東北の被災地を訪れるようになったが、激甚被災地の復興は依然として遅々として進んでいないことが肌でわかる。いつかきた道、東北「植民地化」の動きが深く静かに進行しているからだ。

そんな東北への旅のなかで念頭に甦ったのが、かつて流行作家の西村寿行が一九七八（昭和五三）年に書いた、小説『蒼茫の大地、滅ぶ』という長編小説である。このままでは「東北」が滅ぶ、という危機感を軸にした一種のパニック小説だったといっていい。思い返せば、その五年前の一九七三（昭和四八）年には、小松左京の『日本沈没』が発表されベストセラーになっていた。西村寿行がこの小松左京の『日本沈没』を意識して、もう一つの「東北沈没」の物語を書こうとしたことはまず疑いのないところだ。物語は、こんなふうにはじまる。

中国大陸で発生した巨大な飛蝗（いなご）集団が日本海をこえ、突如、日本列島を襲う。東北地方を中心に壊滅的な被害がつぎからつぎへとおこる。秋田に上陸して青森へ、岩手へ、宮城、山形へと襲いかかる。

山林や農地があっというまに劫掠され、住民が死の恐怖にさらされ、行政機能が寸断されていく。陸・海・空の自衛隊に総動員が下るが、いたるところ過激化した騒乱が広がり、打つ手が失なわれていく。略奪、強姦、殺し合いがはじまり、治安が崩壊の坂をころがりはじめる。「東北」滅亡の様相が深刻の度を増していく。

作者の描写は冒頭から火を噴き、ハードボイルド風の簡潔な言葉が炸裂し、瞬時も息をつがせない。荒々しい筆致であるが、野性の勢いにまかせて意に介しない。事件の展開のなかで、野獣の仮面をかぶったような人間が出没し、活劇が続いていく。

そこに、ただならぬ野心家が登場する。中央政府のウラオモテに通じ、ひそかに「東北」の独立を画策する青森県知事の野上高明。東北六県の知事会会長をかねる東北地方きっての実力者だ。彼はただちに東北地方守備隊という組織をつくって危機に立ち向かう。中央政界の指導者たちと折衝する過程で、彼らの東北切り捨ての真意を知り、これを好機と反逆の道をつきすすんでいく。

脇をかためる人物が、東大を出て、今は弘前大学理学部生物学科講師になっている刑部保行（ぎょうぶやすゆき）で、専門が昆虫学。大量発生した飛蝗の生態を知りつくしている専門家であるが、さきの野上知事の一人娘、香江のムコとなり、飛蝗集団の来襲および中央権力とのたたかいのなかでしだいに追いつめられ、野上親娘と生死をともにする。

飛蝗の生態に関する内外の情報を背景に、商社をはじめとする死の商人たちの暗躍、東北から流出する避難民と首都圏防衛態勢との衝突、葛藤を軸に、野上知事は国際社会からの支援を求めて、ついにアメリカとソ連から独立国家の承認を手にする。しかし反逆のエネルギーが行きついたのはそこまで。ドラマの後半は、惨憺たる東北全域の荒廃のなかで、押し寄せる圧倒的な中央権力の前に悲劇の坂をころがり落ちていく。

はじめ、この東北政権が誇称したのが「奥州国」だった。とすればこの小説は、その「奥州国」の独立願望をめぐり、それが潰え去るほかなかった敗北と鎮魂のドラマ、と読み変えることができるかもしれない。先に「日本沈没」ならぬ「東北沈没」の物語といったゆえんである。

ところで、このようなテーマを掲げて世に問うた西村寿行という作家は、どのような人物だったのか。

一九三〇（昭和五）年に、香川県に生まれている。一九六九（昭和四四）年に動物小説『大鷲』で、第35回オール読物新人賞候補となってデビュー。以後、カバーする創作分野は多彩で、社会派ミステリー、アクション（バイオレンス）小説、パニック小説などを書いてベストセラー作家になっていった。一九七九（昭和五四）年には長者番付の作家部門一位となり、ひき続き八〇年代もベストテンの上位に名を連ねている。

一方では極度の酒好きで、バーボン・ウイスキーを毎晩ボトル半分、あるいは一本を飲みきり、それでいて毎月原稿八〇〇枚の量産を続けた。けれども一九九三（平成五）年頃から下咽頭ガンの治療をはじめ、執筆を中断、二〇〇七（平成十九）年八月二十三日、肝不全のため東京都内の病院で死去。

小説のなかで主人公の野上高明が、国家の自治大臣にむかってとうとうと演説する場面が出てくる。

「現行憲法は、地方自治体の自治権を確認しているにもかかわらず、財源を抑えている。たとえば国税だ。国税本位の政策を改めようとしない。そのため地方自治体は三割自治のままだ。憲法の精神を、あなたがたがつかむことが先決ではないか。国と地方自治体は相互尊重主義で交わるべきだ」

地下に眠る西村寿行は、こんにちにおける東北の命運をはたしてどのように眺めているだろうか。

愛媛、久万高原の「投入堂」

二〇一四年の十一月二十二日のこと、私は愛媛県の久万(くま)高原町に行ってきた。京都から新幹線で岡山まで、そこで乗りかえ、瀬戸大橋で明石海峡をわたって松山まで、そこから先は車で山越えして、およそ五時間をこえる旅だった。

その二年ほど前、現地の林業家、岡信一氏のご好意で訪れていたが、今回もそのご縁によるものだった。そこに立つ四国霊場第四十五番札所、岩屋寺（真言宗）で、仏殿の「遍照閣」が再建され、記念する法要がおこなわれることになっており、そこに招かれたのである。

山号を海岸山と称する。不審に思ってたずねると、この山地はときに霧が立ち、雲海が広がり、あたり一面、海岸の光景に変貌するからだという。四国霊場の難所の一つとされるゆえんであるが、険峻な岩山の道を這いのぼっていくお遍路さんたちのご苦労がしのばれた。その難儀なお寺を四十年ものあいだ護り続けてきたご住職の精進も並大抵のものではなかったであろう。長いあいだ落石や土砂くずれの危険にもさらされてきた。それで一念発起、こんどの改築となったのである。着想から八年、難工事にいどんでようやく落慶にこぎつけた。

私は再訪した岩屋寺で、新装成った「遍照閣」をふり仰いで驚かされた。まことに狭小な岩塊の上に杉の橋桁を組み上げて、木造二階建ての「懸けづくり」の美しい仏殿が出現していたからだ。壁面の多くはガラス張りで、内部には持仏の不動明王が両界マンダラとともに祀られて、モダンなインテリア・デザインの空間に荘厳な霊気を吹きこんでいる。

法要では大西完善住職の作詞になる平成版ご詠歌「岩屋寺から大窪寺」が、土地のミュージシャンのギター弾き語りで披露され盛り上がった。もしかすると、これから先の遍路文化に新紀元をもたらすのではないかという予感を、つめかけた多くの参列者に抱かせることになったのではないだろうか。

この新しい「遍照閣」を、庫裡と客殿と持仏堂をかねる形で設計したのが、松山市で意欲的に仕事にとり組んでいる和田建築設計工房の和田耕一氏である。和田さんによると、こんにちの日本においては「懸けづくり」の建築はすでに「絶滅危惧種」になっている。しかしだからこそ、四国の霊場文化のなかでその貴重な伝統工法を復興し、失なわれつつある価値を見直してみたかったのだという。その積年の思いが大西住職の願いと出会い、実を結ぶことになったのである。

「懸けづくり」といえば、誰でも知っているのが、京都東山にその華麗な姿をみせる清水寺の大舞台である。観音信仰の霊場として知られるが、江戸時代以降は観光の名所として数々の物語に彩られてきた。その舞台に立てば、眼前に広がる樹林の海を浄土と見立てて、思わず身をのりだしたくもなる。

もう一つ、山陰地方のかなた、砂丘で知られる鳥取の修験の山に、懸けづくりの小さな仏堂が浮かぶ。まさに深山幽谷の霊気が立ちこめる三徳山三仏寺である。その山の中腹に「投入堂」という世にも不思議な、古びたお堂が身を隠すように建っている。

平安後期につくられたという。それから千年余のあいだ、岩壁にへばりついて風雪に耐えてきた。すでに国宝に指定されているが、険しい山道をのぼっていくと、突然、緑に覆われた断崖絶壁があらわれる。標高は九〇〇メートル、頂上のあたりは霞んでよく見えない。そこに雲海が出現すれば、さきの四国の霊峯、岩屋寺の景観と重なるだろう。

眼が慣れるにつれ、山肌の起伏が識別できるようになる。そのわずかな岩壁の起伏のなかに、小さなお堂が吸いつくように建てられている。投入堂である。標高四七〇メートル。真下は切り立った絶壁である。

投入堂とは、よくぞ言ったものだ。伝承では、修験道の祖、役の行者が空中にエイヤッと投げとばしてつくったからだという。小さな木造のお堂が宙をとんで、断崖の横っ腹にぴたりと着床する光景が浮かぶ。

そのお堂が、みごとな懸けづくりの手法でつくられていたのである。いく本もの細い強靭な木の柱が堂の床を支えている。私は今から三十年ほど前、人に誘われて、そのまことに剣呑（けんのん）な岩肌をよじのぼり、投入堂のなかに這い上ったことがある。岩壁にさしわたされた縄をたよりにわが身をあずけたのであるが、空中に宙吊りになるような恐怖で、目がくらみそうだった。その極度の不安と緊張のなかで、ふと、山をのぼるということは空を飛ぶことではないか、と思った。山中における修験の行とは、究極のところ空を飛ぶ修行をつむことではなかったのか。

そういえば、飛行仙人と呼ばれる聖（ひじり）が昔はたくさんいた。日本だけの話ではない。インドにも中国にも、そしてチベットにも、その手の神仙や超人が大活躍をしていた。投入堂で修行したお坊さんたちも、そのような飛行仙人の仲間だったのだろう。

役の行者によって投げ飛ばされた投入堂も、じつはといえば空飛ぶ飛行堂だったに違いないのである。

「天女」と「森」の物語

京都の丹後半島といえば、大昔から、いろとりどりの昔話や民話、秘話や物語でにぎわう桃源郷とされてきた。

古くは亀の背に乗って竜宮城に旅した浦島太郎、すこし下ると小野小町(おののこまち)や細川ガラシャなどの悲劇、そんな話も出てくる。

明治になると、丹後ちりめんの本場として栄える。その伝統は江戸以来のものだが、日本列島の着物文化も京都の西陣文化もそれなしでは語ることができないだろう。それがいつの間にか、こんにちではこの地に「カニカニ列車」が走り、全国からの観光客を呼びこむようになった。「海の京都」「京都の奥座敷」として脚光を浴びている。

この地が二〇一七年になって、ちょっとした異変にわいた。町村合併で現在は京丹後市となっているが、その久美浜近くの森に、あのユニークな絵本作家、安野光雅(あんのみつまさ)さんのミュージアムが忽然と姿をあらわしたからだ。設計者が安藤忠雄さんで、黒塗りの杉板を美しくつらねた、いかにも森の中にふさわしい「安野光雅館」が誕生し、まことににぎやかなオープンの日を迎えた。

いくら京都の奥座敷とはいえ、なぜそんな半島の田舎に安藤流の超現代的な美術館を建てたのかといえば、そこにも現代離れのした物語があったのである。

二〇一六年のことだ。この地の一角を占める峰山町の丹後文化会館で、七月二日、三日、「坂東玉三郎特別舞踊公演」がおこなわれ、それが翌年も続けておこなわれたのである。そんな夢のような話がもちあがってわいたのは、その峰山町で創業した京都の料亭「和久傳」の経営者（桑村綾さん）と玉三郎さんとの長年にわたる交流が実ったからだった。

もともと歌舞伎の舞台衣装や道具類と絹織物は切っても切れない関係にあった。ところが良質の絹織物が東京にいては手に入らない。半ばあきらめていたが、京丹後を訪れた玉三郎さんは驚く。蔵の中に、それまで探し求めていた数々の反物がところ狭しと積み重ねられていたのである。こんどの公演でも昨年同様、「口上」の挨拶のなかで語っておられたが、「娘道成寺」の踊りに使う手拭いは、家紋と替紋を比翼に染め抜いた上等のものだ。それがなければ、いくら踊り手が努力しても、女の恋心を表すことはできない。質のいいちりめんの手拭いではじめてそれが可能になるのだと言っていた。

その年の出し物は、丹後にも羽衣伝説があるところから、とくにリクエストされた名作の「羽衣」、それと同じように長唄の囃子で知られる「秋の色種（いろくさ）」の二つ。能の幽玄境を漂わせる華麗な歌舞伎舞踊で、時間の流れを忘れさせたのである。

じつは、「和久傳」の女将は丹後生れの、根っからの丹後好きで、地元の実行委員会の協力を得て前年に続く公演にこぎつけた。またこの料亭の創業者は、丹後峰山の美しい自然を背景に農場をつくり、店で使う食材を精選し加工する食品工房を立ち上げた。加えて、土地の人々の協力を得て植林事業にまで手をのばした。それがついに植物生態学者、宮脇昭博士の助言と協力のもとで、「和久傳の森」の造成へとつながったのである。

ちょうどその頃中央の方からは「地方創生」とか「地方再生」とかの声がきこえはじめていたが、その先駆的な取り組みが、この京都の辺境といえばいえるような丹後でおこなわれていたといっていいだろう。

そんな活動の輪が広がっていくなかで、玉三郎さんは「和久傳」の割烹料理をひいきにし、その森林育成の志に賛同して腰を上げる気になったに違いない。美しい羽衣をひらひらなびかせる天女が、この丹後の海辺に再び舞い下りることにつながったのだ。

そこへ、現代のお伽の国の絵本作家ともいうべき安野光雅さんが登場する。安藤忠雄さんのアイデアにもとづく、森の中の家と称する美の館が出現することになった。それをとりまくように、ここ数年で豊かに造成された緑に輝く森がつらなっている。

この「安野光雅館」のそばに広々とした工房がつくられているが、そのなかにはレストランが開設され、訪れる人々の目や舌を楽しませている。

ふと、思う。はるか東北の奥座敷、宮沢賢治のふるさと、花巻の地を。そこにも町はずれの小高いところに賢治をめぐる美の館が建ち、童話の広場が森に囲まれてつくられている。賢治館のなかには「注文の多い料理店」もある。それだけではない。今では、訪れる者を遠野や釜石まで連れていってくれる、「カニカニ列車」ならぬ「銀河鉄道」も走っているのである。

羽生結弦とマイケル・ジャクソン

羽生結弦は、いったい何者？　闇から飛びだした妖精か。それとも二〇一八（平成三十）年の平昌（ピョンチャン）冬季五輪が演出したまぼろしだったのだろうか。その決戦の舞台で金メダルを手にし、六十六年ぶりの五輪連覇をはたしたのだから、その演技には非の打ちどころがなかったのだろう。

最初のショートプログラムではショパンのバラード１番、そのピアノの調べにのって滑り、つぎのフリーではいきなり笛が鳴り、映画『陰陽師』の和楽器の音楽が流れはじめた。見るまに雅楽や能楽の世界に引きずりこまれ、その変幻自在の技に息をのむ仕掛けになっていた。そしてこの和楽器の音楽の登場こそが、もしかするとその神秘をおびる滑走とジャンプの謎を解く鍵だったのか、とも思わせた。

羽生結弦の存在については、すでに平昌五輪以前からいささか加熱した報道が国内外を問わず続いていた。そのなかで毛色の変わったのがニューヨーク・タイムズ紙二〇一八年一月四日付の記事だった。そこには何と、羽生を「氷上のマイケル・ジャクソン」にたとえる破天荒の評言が載っていたからである。五輪の開幕前、約一カ月の時点でのことだった。

曰く、

「かつてない優れたフィギュア・スケーターは、ウィニー・ザ・プーに囲まれた、マイケル・ジャクソンだ」

ウィニー・ザ・プーはもちろん羽生のマスコットとして知られる「くまのプーさん」のこと。試合後にファンがリンクに投げこむことで知られる。この記事の筆者は世界でもっとも信頼されているフィギュアスケートの批評家、米国人ジェレ・ロングマン氏とのことで、さらに驚くべきは、この評言をとりあげたもう一人の有名なスケーター、ジャッキー・ウォン氏が、つぎのように言っていることだ。

「マイケル・ジャクソンの全盛期とか、ローマ法王に会ったときのことを思い出したよ」

とにかく、羽生結弦の氷上の演技が、米国の批評家たちによって、なぜこのようにマイケル・

ジャクソンと比べられ、さらに法王に対面したときの感動と同列に論じられるのか、はなはだ興味ある問題であり、珍事ではないだろうか。

随分前のことになるが、私はマイケル・ジャクソンの、あの奇形的ともいうべき精妙なダンスを見て肝をつぶし、人間の踊りの極北もついにここまできたかと胸ふたがる思いをしたことがある。それはまるで麻酔をかけられた機械仕掛けのアクロバットダンスのようにしかみえなかったからである。

マイケル・ジャクソンはすでに人間ではなかった。あえて言ってしまうと一種の化け物じみた超人における「ダンス・マカーブル」、つまり「踊る骸骨」にしかみえなかったのである。彼の代名詞ともいうべき「ムーン・ウォーク」はまさしくその最たるもので、あの宇宙飛行士が人類最初の足跡を月面上に残した衝撃を人々に与えたときのことを思い出したほどだった。

そのマイケルがいったいどうして羽生の演技と結びつけられているのか。羽生はいったいどうして「氷上のマイケル・ジャクソン」と評されているのか。その理由について、米国の評者もニューヨーク・タイムズ紙も、何も言ってはいないのである。

オリンピックにかぎらずフィギュア競技での評価は、知られているように「技術点」と「演技構成点」の二本立てで決められているようであるが、私は以前からそのような評価、評点のつけ方だけで羽生の滑りとジャンプの本質はとらえることはできないのではないかと、ずぶの素人なりに考えていた。専門でもないのに何を言うかと叱られそうであるが、その直感は今なお動かない。そしてそのような見方はマイケルのダンスを見たときの感じともどこか通じているのである。

羽生の滑りやジャンプがマイケルのダンスに似ているのは、そこでは演技者の生ける身体をかぎりなく精妙きわまる自動機械に近づけようとしているからだと思う。身体演出のベクトルが、死もしくは死体へのぎりぎりの接近におかれているといってもいい。そしてこの生けるいのちを死者の姿に還元しようとする確固とした試みこそは、わが国の中世において世阿弥が能の舞台でやろうとした身体技法の究極の目標だった。彼のよく知られる夢幻能の主人公（シテ）はそもそも死者であり、亡霊だったことを思いおこそう。その亡霊の肢体を鮮やかな形でいかにして視覚に映し出すか、その演出に心を砕いた手引書が彼の主著『風姿花伝』に外ならなかった。

羽生が平昌五輪におけるフリーの演技で、笛の音にのり、和楽器の奏でる調べのままに滑りだしたのも、おそらくそのためだったのではないかと想像しているのである。

発想を転換するとき

私は今年、京都住まいがようやく三十年を越えることになった。もちろんたかが三十年ぐらいで、誰も京都人になったとは思ってはいないだろう。

それでも、そんな短い暮しのなかでも、伝統的な京都人のものの考え方、感じ方に、ものを見る癖のようなものがあることに何となく気づく。

ときどきではあるが、お隣りの滋賀県に足をのばすことがある。琵琶湖のほとりを歩いたり、比叡山にのぼったり、山頂から琵琶湖を眺めたりする。そんなときも同じように、滋賀県は滋賀県なりの、いってみれば県民的な考え方の癖のようなもの、ある種の偏りのようなものを感ずるようになった。

たとえば京都で、お隣りの県には琵琶湖という水がめがあり、それが京都の命綱になっていますねなどと言うと、すぐさま、いや、京都には豊かな地下水がまんまんとたたえられているよ、という言葉が返ってくる。比叡山の歴史を語ると、いや京都にも三山・五山の面白い伝統がいっぱいあるという。

さて、それでは滋賀県の場合ではどうだろうか。ほとんどの人は、滋賀県つまり近江の国、ひいては日本全体の中心が琵琶湖であるとはおっしゃるけれども、比叡山という山岳の世界が歴史的に重要な意味をもってきたことに注意を向ける人が、あまりない。湖と山に対する関心の度合いがあまりにも違いすぎることに、ふと気づくことがあるのである。それは単に考え方の癖にすぎないものなのだろうか。

さて、そこで近畿一円をあらためて地図で眺めてみることにしよう。すると、まず大きな琵琶湖、その西に比叡の山、さらに視線を北に走らせると福井沿岸部の原発地帯が目に入る。

琵琶湖は太古の昔から、この列島の貯水タンクだった。その歴史の原像も遠くイスラエルのガリラヤ湖に匹敵する。ガリラヤには竪琴の伝承があり、ギリシャ神話でもおなじみだが、琵琶湖の湖底からは平家物語の合戦の響きがきこえてくる。

比叡の山は大陸伝来の仏教が深く根ざした霊山だった。舶来の文明を土着、成熟させた母胎だった。そこを舞台に躍り出た思想的巨人は枚挙にいとまがない。日本の文化と歴史はこの山を抜きにして語ることはできないだろう。

そこへ突然、福井沿岸部の原発密集地域がクローズアップされることになった。そのときまでこの日本海側が白山信仰圏や道元の開いた永平寺の文化圏に取り囲まれていたことを思えば、その変貌の姿は衝撃的であるといわなければならないだろう。

これからは京都府・滋賀県といった行政区分の壁をとりはらい、京滋といった狭小の概念ものりこえ、近畿とか西日本といった枠組みからさえ自由になって、ものを考えていかなければならない時代がやってきたということだ。やや唐突にきこえるかもしれないが、これからの主要なテーマは、琵琶湖・比叡山・原発エネルギー、これら三つの特性を一体のものとして考えていくことではないか。

肝要なのは、何よりも伝統と風土から何を学び、先人が積み重ねてきたこの国の知恵と工夫をこれから先の未来にどのようにつなげていくか、ということだ。そのために近代の科学と技術が、そして経済がどのように貢献しうるかをじっくり考えていくことである。順序をまちがえてはならない重要なポイントであると思う。

以前、この日本列島を三〇〇〇メートル上空の飛行機から空撮した映像を見たことがある。驚いたことにそこには途方もない大海原が広がり、山また山、森また森の光景がどこまでも展開していた。そのどこにも稲作農耕社会の痕跡だに見出すことはできなかった。海洋国家というのならわかる。森林山岳社会と呼ぶのであれば納得できる。そう思ったのだ。

やがてそれが高さのトリックであることに私は気づいた。飛行機を一〇〇〇メートル下降させれば大平野がみえてくるはずである。さらに三〇〇メートルに機首を下げれば、都市と近代工場群が視野に入ってくるに違いない。

この日本列島が森林山岳社会、稲作農耕社会、そして産業社会の三層構造で形成されてきたということがわかるのである。そしてそこに生きる列島人がこの三層からなる価値観、世界観、そして人間観によって支えられ鍛えられてきた民族でもあるということを知らされるのだ。

これからは、反原発、脱原発、原発推進のそれぞれの立場のいかんを問わず、日本列島がおかれているこのような地勢的、歴史的条件を無視して我々の未来を語ることはできないのではないだろうか。

パリの大聖堂と森

テレビでパリのノートルダム大聖堂炎上のニュースを見て、昔、そこを訪れたときのことを思い出した。セーヌ河沿いに宿をとっていたので、二、三度ほど、その正面の重い扉を押して身をすべりこませたことがあったのである。

広い会堂のなかは人気がほとんど感じられず、周囲の高い壁や太い円柱のあいだからは冷たい風がかすかに流れだしているようだった。後方の座席にひとり座ると、前のかなたに黒い、小さな頭だけがポツン、ポツンとみえる。天井からはキラキラした装飾天窓を通して光が射しこみ、パイプオルガンの静かな音が全身を押し包むようにきこえてきた。まるで神様が演奏する天上の音楽をきいているようだった。そのパイプオルガンは、こんどの炎上でも焼け残ったとのことで、それはもしかすると神様の恩寵(おんちょう)だったかもしれない、と思ったのである。

私の泊った宿は、たまたまその大聖堂の近く、セーヌ河畔にあった。エッフェル塔のみえる二十二階にあったので、そこからはブーローニュの森も望見することができた。

ある日思い立って、そのブーローニュに出かけてみた。パリの西部に広がる森は人工の手が加えられ、明るい陽射しがさんさんと注いでいた。盛り上るような、鬱蒼（うっそう）とした感じではない。日本の森に比べれば、むしろ疎林の連なりというのに近かった。

私が訪れたのは、その森の北端に建てられている国立の民族民芸博物館だった。人類学者のレヴィ・ストロースが監修にあたったというだけあって、その展示空間はゆったりして、堂々たるものだった。

そこはフランス革命以前の田舎の生活を再現しており、珍しいコレクションがいくつも陳列されていた。その中で私の目をひいたのが、楽器の種類の多様さということだった。西欧音楽の豊かさの秘密がこういうところにもあるのかと思ったのである。

思わずうなったのは、この博物館のある場所が何と「マハトマ・ガンジー通り６番地」と命名されていることだった。私はこれまで世界のどこを旅する場合でも、その地にガンジーの痕跡を嗅ぎあてようとする習癖がいつの間にか身についてしまっているのだが、パリではその名が森の存在と結びつけられていたのである。

数日経ってから、ついでにと、今度はヴァンセンヌの森に出かけて行った。さきのブーローニュとはちょうど反対側のパリ東部に広がる森である。その景観はさきのブーローニュの場合と変わらない。そして入り口のところにアフリカ・オセアニア民芸博物館があった。ちょうどナイジェリアの仮面特別展をやっていたが、この森のドーメニル湖の南端に、「仏教センター」と称する一画があった。一九三一年の植民地博覧会に建てられたパビリオンを寺院に転用したものだが、当時はパリ市のものになっており、さまざまな行事に使われていた。高さ九メートルの巨大な金箔の釈迦像が建てられていたが、管理していたのは亡命チベット僧たちだった。

日本の仏教との関係でいえば、フランスでは禅仏教の浸透が目につくけれども、同時にパリではフランス人のチベット仏教への関心がきわめて高いことに改めて驚かされた。たとえばどんな下町の書店でもダライ・ラマに関する本がおかれている。彼の伝記・説教集をはじめ、チベット仏教の解脱者たちの列伝までが置かれていた。それに比べれば、日本の仏教に関するものはほんの微々たるものにすぎない。ダライ・ラマの政治亡命、チベット難民、国際的な規模で発生している政治と宗教の問題などのほかに、神秘体験やオカルトへの興味が重なってそのような風潮を作りだしているのであろう。

が、それにしてもインドのガンジーの名とチベットの仏教寺院が、パリ郊外に広がる森に位置づけられ、それがどうやら「東洋」のシンボルマークになっているらしいことが、私には面白かった。その風景は、パリ市の中心部を象徴するルーブル宮やさきのノートルダム大聖堂などをはじめとする都市景観とは見事なコントラストをみせていたのである。

第二章　「ひとり」の八方にらみ

美空ひばり――叙情の旋律――

演歌をよく聞く。歌手の姿を舞台で見ながら聞くのもいいが、演歌はやはり聞くだけの方がいい、と思う。ひとりで、じっと聞くのがいい。ひとりで、酒でものみながら聞くのが一番いい。

そういえば、演歌のなかでシテの役割を演ずる主人公が、よくひとりで酒をのんでいる。舞台の歌手が、ひとりで酒をのむその主人公にのり移って、ひとりの演歌をうたっている。美空ひばりの場合がそうだ。彼女がうたう「悲しい酒」の「ひとり酒場で　飲む酒は……」がまさにそれである。都はるみの「北の宿から」に出てくる「……お酒ならべて　ただひとり　涙唄など　歌います」などもそうだ。

その「ひとり」でいることが、じつはたまらない。ひとりで酒をのんでいるゆったりした時間が、深沈と胸の奥底にしみ通っていく。ひとりでいることが、いつの間にかおのれの貧しい人生に思わぬ彩りを添え、闇に覆われている心のひだをふくらませていくからだ。

子どもの頃、ひとりラジオの前にへばりついて、浪曲師、天中軒雲月（てんちゅうけんうんげつ）のうなり節を聞いていたときの記憶がよみがえる。身をよじってひとりで語り続ける浪曲師の姿が、眼前に彷彿（ほうふつ）としてきたものだった。それは人形浄瑠璃の大夫が演ずる、あの身もだえする語りの情景にそのまま重なっている。

語りの叙情が演歌の叙情へとひと続きにつらなっているのである。やはり叙情の旋律は、ひとりでいるときに激しく、そして静かに発火するのだろう。

ひとりで演歌を聞いているとき、いつの間にか、体の全体をひたひたと満たしてくる感覚がある。無常感である。世の中に永遠なものは一つもないということだ。形あるものは滅する。人は生きて、やがて死んでいく。川の流れのように瞬時もとどまることなく、浮き沈みをくり返していく。

美空ひばりの一生を要約するような歌があの「川の流れのように」だったのではないか。そこに出てくる「ああ　川の流れのように　ゆるやかに……　ああ　川の流れのように　とめどなく」のリフレーンを聞いていると、鴨長明の「方丈記」、その冒頭の一節を思いおこす。

――「ゆく川の流れは絶えずして、しかももとの水にあらず」。

「平家物語」の冒頭の一節もそうだ。

――「祇園精舎の鐘の声　諸行無常の響きあり」。

無常感は、わが国の詩歌の本道をつらぬくかけがえのない美意識であったことを忘れてはなるまい。そしてそれが「平家」などの物語文学、浄瑠璃などの語物（かたりもの）文芸に魂を吹き込んだのである。無常の一節の流れが、時代の幾転変をこえて叙情の清冽（せいれつ）な伝統を保持し、後世の人々の心のうちに送りとどけてきたのだ。

いま私は、ひとりで無常感を聞く、それが演歌の醍醐味だと言ったのだが、しかしその醍醐味にひたっているうちに、どうしようもなく陰々滅々となってくるときがある。演歌特有の嘆き節、口説き節がとめどなく溢れ出て、始末におえなくなるからだ。たとえば千昌夫がうたう「星影のワルツ」などはどうだろう。「別れることは　つらいけど　仕方がないんだ　君のため　別れに星影のワルツをうたおう……」、――ここまではご存じワルツの旋律で嘆いている、口説いている。しかしそのあとが違う。「冷たい心じゃないんだよ　冷たい心じゃないんだよ」のリフレーンがくるからだ。この嘆き方と口説き方は、ワルツの旋律というよりは、ほとんどご詠歌のそれに近い。

これを作曲した遠藤実は、おそらくそのことを意識してやっていたのだろうと思う。別れのワルツをご詠歌の流れに溶かしこんで、嘆き節の鎮魂をねらっているのである。私は「星影のワルツ」を聞いていて、この「冷たい心じゃないんだよ」のくだりにくると、いつの間にか四国の山野をとぼとぼ歩いて行くお遍路さんの姿を思い出していた。すると不思議なことに、あの陰々滅々とした嘆き節の余韻がうっすら消えていっているのに気づく。地の底を這うような口説き節が、鈴の音の響きやご詠歌の調べと重なって穏やかに鎮められているのである。

演歌の叙情が抱えているみそぎの効用というほかはない。ご詠歌の世界にも通ずる鎮魂のメカニズムといってもいい。そんなときに思いおこすのが、あのお能の舞台で身をよじって嘆き悲しむ亡霊（シテ）たちの姿である。彼らもまた、そのようなみそぎと鎮魂の世界を生きるモノノケたちだったのである。

私が美空ひばりの歌に心の底から驚かされたのは、やはり「ジャズ・アンド・スタンダード」のひばり版ＣＤを聞いたときだったのではないだろうか。いきなり「ラヴァ・カム・バック・トゥ・ミー」を聞いて、全身を惹きつけられた。「ラ・ヴィ・アン・ローズ」「スターダスト」に仰天し、「愛のタンゴ」に酔い痴れるうちに言葉を喪なっていた。それが偽らざる実感だった。

美空ひばりは五線譜が読めない、英語を知らなかった、そのようなことをよく聞く。真偽のほどはわからないが、もしそうであったとしても、彼女ならその気になればたちまちマスターしてしまうだろうと思っていた。何しろ、三歳で百人一首をそらんじていた、ということを言う人さえいるのだ。

日本のひばりはオペラのマリア・カラスに引けをとらない大歌手だと言ったのは、なかにし礼だった。野坂昭如も、二十代のひばりがそのまま歌手に徹し、よき導き手を得ていたら世界に名をとどろかせただろうと断言している。

その通りだろうと私も思う。彼女のうたうジャズの調べは、イヴ・モンタンやフランク・シナトラのそれにけっして劣るものではないからだ。それだけではない。彼女のうたは、戦後の昭和における日本人の喜怒哀楽の心情をすくいあげ、それぞれの時代に刻まれた危機と快楽をあふれんばかりの思いをこめてうたいあげていたのである。

東京キッド

昭和二五（一九五〇）年　作詞／藤浦洸　作曲／万城目正

戦後日本の焼跡に希望の灯りをともした歌である。少女のひばりが自分の足で立ち、世の中に躍りでたヒット作。私は以前、勤めていた大学の研究室に彼女の大きなポスターを掲げていた。その全面に「東京キッド」の大活字が印刷され、靴みがきの少女が満面に笑みを浮かべて大写しになっていた。

忘れられないことがある。ひばりが亡くなって昭和が平成に改まった一九八九年、海部俊樹政権が誕生し、首相自身が米国ワシントンにのりこんでプレスクラブで講演したときだ。冒頭で、つぎのように切りだしたのである。――今年の六月、我々はすばらしい国民的歌手だった美空ひばりを喪いました。彼女は戦後ヒットさせた「東京キッド」のなかで「右のポッケにゃ夢がある／左のポッケにゃチューインガム」とうたい、我々に希望と勇気を与えてくれました、と。この「チューインガム」のくだりでは、米国による食糧援助に対する感謝の気持ちをあらわすつもりだったのだろう。

越後獅子の唄

昭和二五（一九五〇）年 作詞／西條八十 作曲／万城目正

日本の演歌には、なぜか北方を舞台にしたものが多い。寒い雪国にさすらう人間の運命に涙し共感する心情がテーマとなっているが、この歌はそのような「さすらいもの」の傑作といっていい。

昭和二十五年、ハワイとアメリカの海外公演をこなして帰国したひばりは、立て続けに映画出演している。そのうちの一つが高田浩吉と共演した『とんぼ返り道中』で、彼女は孤児の少年に扮してこの歌をうたっている。小さい獅子頭を頂きに、身をそらせ、逆立ちして手で歩く、そんな芸をみせながら金銭を乞い歩く、そのひばりの姿と映像が今でも胸をこがす。

リンゴ追分

昭和二七（一九五二）年 作詞／小沢不二夫 作曲／米山正夫

この歌ははじめＴＢＳのラジオドラマ『リンゴ園の少女』という連続放送劇の主題歌として流され、同時にレコードに吹きこんで発売された。ラジオドラマはたちまち人気沸騰、レコードもあっというまに七〇万枚を売りつくした。ひばりを津軽のリンゴ園の少女に仕立て、歌と語りを津軽方言にのせて演出したのである。それが成功した背景には、その直前に映画化されて大当りをとった石坂洋次郎の『青い山脈』とその主題歌「リンゴの唄」の流行があった。外国からもたらされたリンゴには、土の香に混って海の潮の匂いがある。庶民的でありながら、横浜育ちでもあるひばりのイメージと通い合うところがあったのである。

お祭りマンボ

昭和二七（一九五二）年　作詞・作曲／原六朗

ブルース、スイング、タンゴ、なんでもうたいこなしていたひばりが、マンボのリズムにのせて舞台せましとお祭り気分を盛り上げていく。その軽快な身のこなしが色気と活力を呼びこんで、陽気な物語をつむぎだしていく。ところがそのお祭り気分が、舞台の進行とともにいつの間にか演歌調の滲むメロディーへと転じている。彼女はその明から暗への転換をあざやかに演じ分けてから、すべては「あとの祭り」、とつぶやいて幕を下ろす。最後の科白が効いている。

お祭りすんで　日が暮れて
つめたい風の　吹く夜は
家を焼かれた　おじさんと

ヘソクリとられた　おばさんの
ほんにせつない　ためいきばかり

ひばりの佐渡情話

昭和三七（一九六二）年　作詞／西沢爽　作曲／船村徹

3・11の大震災のあと、東北三陸地方の被災地を訪れた。ガレキの山のなかに立ったとき、この歌が胸の奥の方から聞こえてきた。そこにうたわれている「佐渡の荒磯の岩かげ」に、無数の死者たちが横たわる賽の河原の光景を重ねていたからかもしれない。もともとは島の娘の悲恋を描く物語だったのだが、私はそこに波にさらわれた恋人の運命をイメージしていたのだろう。この歌の曲をつくったのは船村徹であるが、私はかねて、ひばりのうたう「悲しい酒」は、古賀メロディーの傑作、そして船村徹のつくった「ひばりの佐渡情話」は船村演歌の代表作、と思ってきたのである。

柔

昭和三九（一九六四）年　作詞／関沢新一　作曲／古賀政男

前回の東京オリンピックが開催されたのが一九六四年。あれからもう五十六年が経つ。この年、古賀政男の「東京五輪音頭」が空前のヒットを記録し、翌六十五年になって、「柔」がレコード大賞をうける。それが六十六年の「悲しい酒」の成功へと続いた。古賀メロディーの最後の黄金期を花開かせたのである。「柔」が一五〇万枚を売り切ってヒットした年は、市川崑監督の手で『東京オリンピック』がつくられた年だった。だがそれまでの六年のあいだ、美空ひばりはレコード大賞の候補にあげられながら、離婚や暴力団とのかかわりが非難され、無視され続けていた。それを打ち破る起死回生のヒット作となったのである。

悲しい酒

昭和四一（一九六六）年　作詞／石本美由起　作曲／古賀政男

これも古賀メロディーの傑作で、作詞は石本美由起。古賀ははじめテンポの速い歌につくったが、ひばりが反対した。彼女はそれをいつの間にか、ゆったりしたテンポの歌にした。そのあまりの強情さに、さしもの演歌づくりの神さまも脱帽せざるを得なかったのである。この歌が世にあらわれたのは昭和四十一年であるが、このときのは例の科白入り三番までで四分五十秒かかっている。ところが昭和六十（一九八五）年のものになると、科白入り二番までで、じつに五分の長さになっていた。いつ頃からか、彼女は、この歌を涙を流しながらうたうようになった。だが驚くべきことに、最後の一行をうたいおさめるときは、涙のあとはすっかり乾きあがっているのである。

真赤な太陽

昭和四二（一九六七）年　作詞／吉岡治　作曲／原信夫

原信夫が作曲している。彼は長いあいだひばりの伴奏をつとめていたジャズ奏者だったが、うたう彼女の背中を見ていて、ピンとくるものがあったという。そこにも強烈な人間が滲み出ていて、飽きがこなかったということなのだろう。

私にも忘れられない記憶がある。ある「ひばりショー」を観ているときだった。クライマックスに達した頃、裾が末広がりにひろがる真っ赤なドレスを着て舞台中央にでてきた。胸から上が露わで、白い肉がふっくら盛り上っている。小柄な体が切れ味よく中央に進むと、右手を挙げて観衆の拍手にこたえた。ライトを浴びたその一瞬の姿をみて、私はふと釈迦誕生仏のポーズを思いだしていた。

龍馬残影

昭和六十(一九八五)年　作詞/吉岡治　作曲/市川昭介

ひばりによる坂本龍馬讃歌である。四国の、徳島から高知へと山越えしたすぐのところに、大豊町がある。そこは樹齢三千年といわれる日本一の大杉があるところだが、すぐそばに美空ひばりの遺影碑がつくられている。昭和二十二(一九四七)年四月、美空楽団が四国巡礼の旅にでてこの地を通ったとき、乗っていたバスが転落事故をおこし、当時九歳だったひばりは九死に一生の体験をする。碑はそれを記念してつくられたのだった。近づいてスイッチボタンを押すと、「悲しき口笛」「龍馬残影」「川の流れのように」の三曲が流れてくる仕掛けになっている。はじめ、なぜ「龍馬」なのかといぶかったが、やがて氷解した。この大杉の地から車で三十分も走れば、高知市の桂浜には龍馬の銅像が建っているのである。

川の流れのように

平成元(一九八九)年　作詞/秋元康　作曲/見岳章

自分が死ぬ土壇場になったとき、どんな音楽が聞きたくなるか、そんなことをあれこれ考えるようになってもう二十年は経つ。最後の場面には、何がおこるかわからない。が、何がおこっても音だけは耳に入ってくるだろう。体のすべての機能が衰え、目が見えなくなっても、音を聞く耳の機能だけは最後の最後まで生き残っているのではないか。

阿弥陀来迎図というのがある。中世に多くつくられた仏教絵画だが、画面の中央に山が描かれ、雲がたなびいている。雲の上には阿弥陀如来が立ち、二十五人の菩薩たちとともに地上に降下してくるのだが、その菩薩たちがみんな楽器を手にしている。この頃私はその来迎図を見るたびに、ひばり観音がうたう「川の流れのように」の旋律に身をゆだねる気分になっているのである。

三つの時間と無常

以前、まだ勤めに出ていた頃のことである。私は「三つの時間」ということを言っていた。

管理職だったこともあって、朝出勤すると事務的な仕事が四方八方から押し寄せてくる。書類をもって廊下を走り、人と人のあいだをとりもつために部屋から部屋に渡り歩く。大きな会議や小規模なミーティングに顔を出して、弁解をしたり、叱られたり、もみ手をしたりしている。事態の意外な展開に目を白黒させ、あたかも重い十字架を背負って坂道をのぼっていくような気分になって、いつしか疲労困憊(こんぱい)している。

ああ、これが私における「イエスの時間」だとつぶやいている。すると、不思議なことにそれまで毛羽立っていた神経が鎮まってくる。

昼になって食堂に行き、腹ごしらえをしてホッとする。朝早く起きているものだから、自然に瞼(まぶた)が下がってくる。なんとなく感覚がゆるみ思考もほとんど停止状態に近づいている。しばし自分の部屋にこもって、椅子にうずくまると、トロトロと眠気が襲ってきて、ほとんど恍惚(こうこつ)の人になっている。

だから会議に出ても、もう難しい議論にはついていけない。いつの間にかコックリコックリやっている。むろん、ときに議論や言葉の端々(はしばし)が耳に入ってこないではない。けれどもしだい

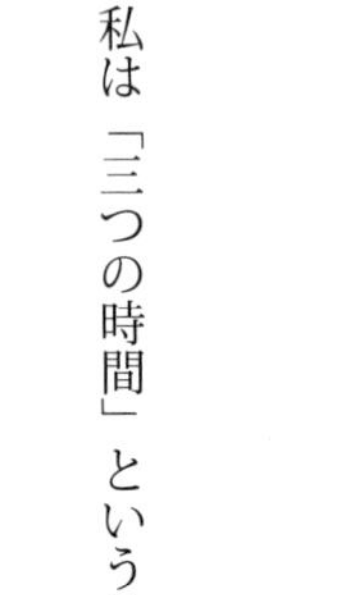

に、夢かうつつかまぼろしか、その境界がはっきりしないような状態になっている。法悦のなかにただよっている神秘的な浮揚感。

私の「ブッダの時間」が、そのようにして訪れてくる。

「煩悩即菩提、色即是空……」

夜、帰宅する頃には、もう足元がおぼつかなくなっている。ただ呆然と酒をのみ、漫然とテレビをみている自分を発見するのが、そのときだ。二、三時間がすぎ、前後不覚になって寝床にもぐりこむ。夢と熟睡への旅がもうはじまっているのだ。その熟睡に落ちこむなかで、いざ、死ぬか、といったような気分になって、もう白河夜船である。

私にとって最後の時間、言ってみれば「臨終の時間」なのである。「さよならだけが人生だ……」。

「イエスの時間」「ブッダの時間」「臨終の時間」である。それがいつの間にか私の日常生活における三つの時間になっていた。もっとも「臨終の時間」がほんとうに臨終を迎えることになれば、毎日のくり返しがそこでストップし、私の悩みも消滅するのであるが、それがなかなかそうはいかない。

そんなことをあれこれ考え、毎日のようにこの「三つの時間」をくり返しているうちにふと気がついた。

無常の風に吹かれているとは、こういうことか。毎晩のように、深い眠りに入る前に、いざ死ぬか、とつぶやくのも、この無常の風に吹かれているためかもしれない。そう思うようになったとき、いつの間にか熟睡の時間が早くやってくるようになっていた。

しかし、勤めをやめてフリーになってからは、事情がだいぶ変わってきた。

朝の食事が終わると、お昼近くまでゆっくり新聞を読んで過ごすようになったからである。いつもは三紙ぐらいに目を通すのであるが、はじめは隅から隅までさあっと目を通す。そして目を惹く記事や心に響くテーマがみつかると、切り抜いたり、赤い線を引いたりして、じっくり活字を追う。

旅に出るとき以外は、だいたいこんな調子のまま午前の時間を過ごす。ただ、読むときはリクライニングの座椅子に座っているので、いつの間にか眠ってしまう。しかし電話が鳴ったり呼び鈴が響いていたりして、ふと目を覚ます。そしてまた読みはじめる。

そんなくり返しのなかで、だいたい昼近くになってしまう。ところが面白いもので、こうして昼近くなる頃には想像の翼がどんどんふくらんできて、いつの間にかほとんど妄想を楽しんでいる。そして不思議なことに、そんなときにかぎってあの無常の風が吹いて来るのである。

乾いた無常、湿った無常

もう三十年ほど前、まだ若い頃のことになるが、インドに行って、ブッダが歩いた道をバスや車を使ってたどったことがある。ブッダの本音の叫びにふれるには、彼が実際に活動していた風土に身をさらしてみなければわからないだろう、と思ったからだった。もっとも、そのように考えてはみたものの、自信のようなものがあるわけではもちろんなかった。

ブッダが生まれたのは、北インドとネパールの国境沿いにあるルンビニーである。やがて家を出た彼は、南下の旅を続けてガンジス河の中流域に落ちつき、伝道活動をはじめた。現在のブダガヤやラージギルのある辺りである。

ルンビニーからブダガヤまで、ざっと五〇〇キロである。ブッダは誇張した言い方になるけれども、その五〇〇キロを足で歩く旅のなかで、仏教という宗教の形をつくりだしていったのではないだろうか。

私がその同じ五〇〇キロをいろんな乗り物を乗りついで旅をしていたときだった。目に入ってくる地域一帯がどこをみても砂漠的景観をきわ立たせて、乾燥しきっていた。それが体にも神経にもこたえ、それだけに印象が強烈だった。

そのとき直感的に思ったのは、もしかするとブッダの仏教も乾燥した思考から成り立っているのではないか、ということだった。自然に念頭に甦ったのが、仏教の中心的なテーマとされる「無常」という考え方である。

無常とは何か。いろんなとらえ方ができるであろうが、ブッダ自身の言葉によれば、だいたいつぎの三つぐらいの原則でまとめることができるのではないか。この世に永遠なものは一つも存在しない。形あるものは必ず壊れる。人間は生きて、やがて死ぬ……。

字面の上では、なるほどそうか、と思っていたのだが、インドの砂漠地域を旅していて気持ちがあらたまった。ブッダの無常感覚も、本当のところは乾ききっていたのではないかと思い直したのである。彼はカントやデカルトのような哲学者の顔をして、この世は無常である、と感情らしい感情を交えずに言い切っていたような気がする。要するにブッダの仏教はインド人の仏教だったのだ、とあらためて思わずにはいられなかったのである。

それにひきかえ、わが国で語られてきた無常が、ブッダのそれとはまるで異質の情感をただよわせていることにただちに気づく。誰でも思い浮かべるのが、よく知られている『平家物語』の冒頭の一節ではないか。「祇園精舎の鐘の声、諸行無常の響きあり。沙羅雙樹の花の色、盛者必衰の理をあらわす」である。

ここでいう無常の響きには、滅びゆく平家一門の運命に無限の同情の涙をそそぐ想いが重ねられている。滅びゆく者への共感の美学といってもいい。その美意識は、しばしばセンチメンタルとも叙情的ともいわれるような湿った情感を濃厚にたたえている。人間たちの運命だけが転変をくり返すだけではない。移りゆく山川草木のすべての現象の上を、無常の風が吹く。川の流れのように瞬時もとどまることなく、空を行く雲のように定めがたい。

高温多湿のモンスーン地域に吹き続けてきた、湿りに湿った無常の風というほかはない。インド人の考えた乾ききった無常の観念に対して、日本人の心の内側に育(はぐく)まれてきた湿った無常感覚といってもいいのではないだろうか。

そういえば、あの和辻哲郎が『風土』という作品のなかで、日本人の性格にふれながら「しめやかな激情」ということを言っていたのを思い出す。「しめやかな激情」とはまことに言い得て妙、――まさにモンスーン的、台風的風土に育まれた湿潤の感情表現そのものではないか。これはインド仏教などでいう哲学者風の無常感覚とはまるで違った性格のものといえそうだ。私などは、夕暮れ時に居酒屋で一杯やるようなとき、「しめやかな激情」のなかで盃(さかずき)を重ねているのである。

「座の文化」を再考する

ロダンの「考える人」は前こごみで座り、片腕をあげて、あごにあてている。背を丸めて、じっとものを考えている。

それに対して、ご存知わが国の広隆寺、中宮寺の「半跏思惟像(はんかしゆいぞう)」は椅子に座り、片腕をあげ、

背筋をのばして指先を頬にあてている。思惟する像といわれているわけだ。半跏というのは、片方の脚をもう一方の脚の上に乗せているからである。

この種の、座って「思惟」するポーズはインド、中国、朝鮮半島にもみられるから、アジア的な座法の一つと考えてよいだろう。ところがさきのロダンの方は、「考える」ポーズをとっているところは半跏思惟像の場合と同じであるが、よく見ると座り方の姿勢がまるで違っている。第一、背筋が垂直に立っていない。したがって呼吸が整えられているようにはみえない。もう一つつけ加えると、ロダンの「考える人」はその考える行為をやめたあとは、おそらく立ち上がって、そのまま直立歩行の日常生活にもどるはずである。そこから、西洋文明の背景がみえてくるだろう。これに対して、半跏思惟像がその思惟する行為をやめるときは、再び大地に座る生活に復帰するのではないか。もちろん、直立し歩行する時間がないのではない。が、生活の基本が、座る習慣とひと続きであったことを忘れるわけにはいかない。その背景には、長い長い座の文明といったものが横たわっている。「考える人」と「半跏思惟像」の違いは、シェイクスピア劇の舞台とわが国のお能の舞台との違いに通じている、といってもいいくらいだ。

若い頃、西洋世界に旅をするとき、修道院に泊めてもらうことがあった。フランスのシトー修道院、アレクサンドリアのコプト教会などであるが、そこで経験したことが忘れられない。早朝おこなわれる礼拝に参加して驚かされた。黙想するときも経典を朗唱するときも、修道士たちの姿勢がてんでんばらばらで一定していなかったからだ。床に座る者、あぐらをかく者、立ったままの者、柱や壁に背をもたせかけている者、じつに多種多様であった。それはわが国の僧院でお目にかかる雲水たちの姿とは似ても似つかぬ光景だった。要するに、姿勢を正して呼吸を整えている修道士はひとりもいなかったような気がする。あとから聞いて再び驚いたが、キリスト教の修道院では、伝統的にとくに姿勢を正したり呼吸を整えたりすることはないのだ、ということだった。

ああ、そのためか、と思った。ロダンの「考える人」では、「考える」という行為の表現に重点がおかれているけれども、「座る」ことに格別の関心が払われているようにはみえない。したがってまた、このロダンの「考える人」は、そのままデカルトの言う「われ考える、ゆえにわれあり」に通じてもいる。そしてそのデカルトの言う「考える」人間の原像には、姿勢を正して呼吸を整えるポーズは含まれてはいないのだろう。それに対してわが国における「座る」人間の原像はさしずめ道元であるが、そこには姿勢と呼吸法を抜きにした思惟などということはおよそ考えられない。

私はこれまで小学校や中学校に行って、生徒たちの前で話をする機会があった。教室で聞いてくれるときもあるが、広い部屋で床に座って聞いてくれる場合もある。そんなときはみんな床に尻をつき、両ひざを抱きかかえるようにして聞いている。運動座り、というのだそうであるが、どの生徒も姿勢を正して呼吸を整えているようにはとても見えなかった。全員がロダン・スタイルになっていて、半跏思惟像スタイルにはなっていなかったのである。

あらためて思わないわけにはいかなかった。日本の社会そのものが伝統的な文化の型の多くを振り捨てて近代化の軌道をまっしぐらに突き進んできた、と。それは一面で「直立歩行」の原則に立つ産業社会が「座の文化」にもとづく伝統社会の価値観をしだいに抑圧し、忘却していく過程であったといえるだろう。それは我々の古代からの芸能や武道、そして茶道までが万事腰高になり、その結果、重心の低い大地的な座法の意味を喪失していったことにつながる。

かつて我々の社会では、「読み、書き、そろばん」という教育原理が生きていたことを思い出す。だが、そろそろこのへんで立ちどまり、「読み、書き、座る」へと方向転換して、「そろばん(ゼニ勘定)」ということばの見直しをはじめる時がきているのではないだろうか。

宴の松原

京都御所の歴史には、ミステリーじみた謎が多い。なかでも「宴(えん)の松原」をめぐる話などは欠かせないのではないだろうか。こんにち風にいえば「アウトドア宴会場」といったところか。

手元の平安京大内裏の古図を眺めていると、その中心軸には朱雀大路が通り、中心部東側に内裏が描かれている。それに対し、反対側の西側はただの空き地になっていて、「宴の松原」と名付けられている。もちろんその場所にはこんにち、一本の標柱が建っているだけで、辺りは人家で埋まっている。

言うまでもないことだが、現在の「京都御苑」はかつての「京都御所」とは違う。内裏の規模も姿かたちも変貌している。「宴の松原」も存在しない。けれども当時、地上げ屋が暗躍したわけでもないのになぜその場所が宴会のための空き地とされていたのか、それがよく分からない。もっとも歴史学者の間で、仮説がささやかれていないわけではなかった。もしも内裏が災害で焼失したような時、仮設の内裏を造るためだったのではないか、と。

ありうることだと思う。例えば伊勢神宮では、二十年ごとに遷宮を行ってきた。内宮、外宮ともに、一定の年月が経てば、建て替える。そういう伝統が千年も続いてきた。その間、その建て替えのため、空き地がすぐそばに用意されてきたのである。それが二十年ごとだというのが、何とも心憎い。災害は忘れた頃にやってくる、という言い伝えは、そんな昔からあったのかもしれない。今でいう、不測の事態に対する危機管理の対応策である。それだけではない。この国のマツリゴト（政治）は、昔から神祭りのマツリゴト（宗教）でもあったのだ。災害列島にいつの間にか育まれていた、列島人の知恵である。風水害や地震に素早く身を処す政治感覚である。それがヒトとカミの運命を巡る価値観の精神基盤をつくっていたといっていいだろう。

しかしそれが、時の経過とともにだんだん忘れられていく。内裏の脇に、なぜ同じ規模の空き地をつくったのか、その記憶が薄れていった。あげくのはてに、アウトドアの遊び場くらいの認識に後退していった。それが実状だったのではないだろうか。現に当時の貴族たちの日記を見ると、藤原道長の若い頃は、「宴の松原」は草ぼうぼうの荒れ地になっており、陽が落ちてから肝試しを競う遊び空間になっていたようだ。妖怪変化の類いが出没する、という噂もたっていたという。その遊びで一汗かいた後は盃で一杯というわけで、やがてわが世を謳歌する道長の念頭からは、いつ襲ってくるかもしれない内裏焼失の危機感は消え失せていったのかもしれない。

もっとも今ここで私は、昔のことを語って暇潰しをしているわけではない。「宴の松原」のミステリーは、もしかすると現下の京都と東京の運命を同時に占う試金石になるかもしれないと思っているからだ。もしも東京に大規模な直下型地震が襲い、そのうえ富士山が大噴火でも起こしたら、この国はどうなるのか、とりわけ京都はどのように身を処するのか。そのような国家の危機に対処しようとするとき、平安京の大内裏にあらかじめ設けられていた「宴の松原」の存在から我々は何か学ぶことはないのか、ということを言っておきたいのである。

「空き地」をバカにしてはいけない。「空き地」が持っている重大な潜勢力を軽くみてはいけない。

今なお「京都御苑」に広がる空間は、まさにそのことを我々に暗に示すための貴重な遺産ではないかと思うのである。

京都千年の歳事は京都一極集中

春は京都の桜、からはじまる。都おどり、壬生狂言ときて、夏は賀茂の競馬や虫払、と続く。秋は五山の送り火、鞍馬の火祭、冬になって大根焚、おけら詣り、年が明けて初詣、通し矢、懸想文売りが顔を出し、節分会でしめる。

井上弘美さんの『季語になった京都千年の歳事』（二〇一七年、KADOKAWA）は総計五十六の年中行事をあげて、京都一年の歳事を要領よく紹介していく。都千年の来し方をふり返る。『枕草子』や『徒然草』の記憶をさぐり、随筆風に語る場面も忘れない。著者は京都生れの京都育ちだから、少女時代の体験、長じてからの交際など混えて、臨場感を漂わす。簡潔なことば、季節の風や匂いにも気を配る。ふだん着で読みすすめるための気配り。いつの間にか観光ごころを引きだす手引書、さり気なく自己を語る履歴書、平安京のウラをちらりと見せる今様古文書、いくつもの顔を見せながら仕上げている。京女の素顔も浮かぶ。ブックデザインもその手ざわりも、申し分ない。

それにしても、その徹底した京都一極集中ぶりには驚いた。毎年の年中行事が俳句の領分で大事にされ続け、季語そのものと一体化されていくプロセスが水ももらさぬ布陣で展開していき、有無をいわせない。このところ評判の悪い東京一極集中どころの話ではない。さすが京都、と嘆息までが出る。季節の移ろい、暮しのにぎわい、寺社をめぐる祭や行事、そして人事の往来が、一糸乱れずくり返され、それがそのまま、俳句本流の季語の軸線や枠組をつくっていく。京都の一極集中を明かす極めつきの奥座敷、そんな光景である。

もう一つ。この『季語になった京都千年の歳事』の五十六項目には、もちろん東西古今の俳句が有名無名とりまぜて引用され、装いあらたに登場してくる。ところがその雅びな座敷に現代詩はおろか和歌の姿も形もあらわれない。俳句ももともとは和歌の嫡出子だったのではないかと疑いつつ、なるほど、「歳事記」ともなれば、やはり「はじめに俳句ありき」か、と気づきもする。けれどもよくよく考えれば、あの子規や虚子たちがやった近代俳句は、たしかこのような季語や歳事にとりまかれた俳諧の壁をとりはらうための運動だったのではないか。もちろんそんなことは、本書の著者、井上弘美さんは百も承知。そんな過去の話はぜんぶ腹中にのみこみ、子規や虚子の句も季語や歳事の枠組のなかに招き入れて、京都千年の宴をくりひろげていく。東京の一極集中に閉口し、辟易しているとき、このような京都の一極集中ぶりの光景を見せてもらうのは何ともさわやかな経験だった。

「善」と「悪」の勝負——日本人の宗教観——

日本人は「無宗教」ではないか、とよくいわれる。

だが、はたしてそうか。私は長いあいだ、はなはだ疑問に思ってきた。そんなことを口走るのは、ほとんどわが国の知識人たちだけだったのではないか。知識人たちだけが、西欧世界の「宗教」事情を聞きかじって、日本人の「無宗教」ぶりをあげつらい、わが身の「無宗教」感覚を合理化してきただけの話ではないのか、と疑ってきたのである。

そうなった背景には、むろんいろいろな原因が考えられるだろう。だが、そのなかでも例の「西田哲学」の存在とその知識人に対する影響がとくに大きな役割をはたしていたのではないか。西田幾多郎（にしだきたろう）という名を聞くと、まずあの謹厳な顔が思い浮かぶ。こちらを凝視する鋭い眼光が、記憶に甦る。だから西田幾多郎の笑顔を、私は想像することが未だにできないでいる。

その西田幾多郎の哲学がわずかに私に微笑みかけてくれたのが、彼の処女作『善の研究』だった。若い頃、それを読んで夢中になったことが忘れられない。美しい文章のリズムに惹きこまれた。何よりも作者の生々しい息遣いを感じることができた。私を、まったく知らない別世界に運んでくれたのだ。その感動があまりに強烈だったからであろう。その後に書かれた長大な哲学論文に心を動かされることは、ほとんどなかった。途中まで読んで放りだすか、おのれの不明を恥じ、天をふり仰いで長嘆息をくり返すばかりだった。

いつ頃からだったか、西田幾多郎はなぜ『善の研究』を書いて、「悪の研究」に手をつけなかったのか、という疑問が喉元をつきあげてきた。その理由が『善の研究』のどこにも論じられてはいなかった。西田哲学の論ずるどの文章にも、そのことを正面から取りあげるものはほとんど見当たらなかった。不思議なこともあるものだ、と思わないわけにはいかなかったのである。「善」の問題だけを論じ、「悪」の問題には目を向けないままでいて、はたして「宗教」の根本命題を解き明かすことができるのだろうか、という疑問である。

そのような疑問を発して日本の歴史をふり返るとき、「悪」の問題に鋭いまなざしを向けたのが十三世紀の親鸞だったことがわかる。彼の言行の聞き書きである『歎異抄』に、悪と悪人にかかわる重要なことが記述されているからだ。

一つはよく知られた悪人正機の議論である。「善人なをもて往生をとぐ、いわんや悪人をや」である。たとえ人殺しのような悪人であっても、阿弥陀如来の救済力によって救われるという議論である。もう一つが、宗教的真実は善悪をこえたところにあるとする言明である。すなわち「善悪の二つ、総じてもて存知せざるなり」という。この二つの命題は、みられる通りたがいに矛盾する部分を含んでいる。だが、善と悪の問題をつきつめていけば、誰もがそこにはらまれている人間性の暗部に直面することになる。

しかし、この痛烈な問題をたじろがずにみつめようとした者は、親鸞以後ほとんど存在しなかったのではないだろうか。その画期的な思考実験は結局、流産の憂き目をみたまま七百年が経過し、ついに西田幾多郎による『善の研究』の登場を迎えるのである。やや誇張していえば、悪の問題提起をした親鸞と善の研究に全力を投入した西田幾多郎のあいだに、哲学的論題としての「悪」を無視する時代が、ただだらだらと続いていたということだ。

西田哲学の登場が、そのことを私に気づかせてくれたのである。親鸞のペシミズムから西田のオプティミズムにいたるまでの、長い長い時間を思わないわけにはいかなかったのであるが、いったいどうしてそのようなことになったのであろうか。

その秘密を探る手がかりの一つが、西田哲学の後半生を彩る「絶対無」の思考実験のなかに横たわっているのではないか、と私は思っているのである。この有無をいわせぬような命題の背後からは、じつをいうと無我・無心の無、無分別の無、禅でいう無一物無尽蔵の無などなどの分列行進がいつの間にか立ち上ってくる。さらには東洋的無の無、サムライ・クリスチャン（内村鑑三）の言う無教会の無、小林秀雄の「無私の精神」の無にいたるまでの、ありとあらゆる「無」をめぐる無マンダラともいうべき神話と伝承の環がつくりあげられていたことがみえてくる。そしてそのような無の無限包容力のなかで、「オレは無宗教」と反射的に応答する平均的日本人の自画像、いや、とりわけ知識人の自画像が形成されていったのである。まさに「無」の日本教とでも称するほかないような自意識が誕生したのだと言っていいのではないだろうか。

何ごとによらず無や絶対無をもちだすこのような思考が、もしかすると悪を追究するエネルギーを根こそぎ奪い去ってしまったのかもしれない。西田哲学とその影響下に育まれた日本的知性は、親鸞によって提起された野性的な悪の間題を、おそらくその西田哲学誕生の聖地であったはずの京都という「場所」に埋葬してしまったのであろう。

最後にリクツをつけ加えれば、もちろん「無宗教」と「無の宗教」とは違うであろう。「無宗教」の感覚と「無の宗教」の哲学とは根本的に異なるだろうということだ。しかしどうだろうか。わが国における哲学的頭脳はたえずこの日本的風土から立ちのぼる宗教的感覚、すなわち無宗教的感覚に脅かされ続けてきた。脅かされ、足元をくずされ、最後にその湿った土壌のなかに埋没する不安から脱出することができなかったような気がするのである。

無の感覚、である。無の感覚の怖るべき浸透力である。

師殺し、主殺し

棟方志功(むなかたしこう)は、明治三六(一九〇三)年九月に、青森市の刃物鍛冶の三男として生まれた。裁判所の給仕になって貧しい家計を助けたが、絵の修業を志して上京する。それが大正十三(一九二四)年、二十一歳のときだった。その頃ゴッホの絵と出合い、「わだば、ゴッホになる」と言って、故郷をあとにしたのだった。

長いあいだ、逆境のなかで貧乏生活を続けることになるが、その彼を世の中に押し出すことになる作品が、「二菩薩釈迦十大弟子(にぼさつしゃかじゅうだいでし)」の板画だった。昭和十四(一九三九)年、三十六歳のときの作品である。

上野の国立博物館で興福寺の「須菩提（すぼだい）」をみて、釈迦の十大弟子をつくることを思いついた。はじめ屏風仕立てで十人の弟子たちをつくったが、落ち着きが悪いということで、さらに左の端に普賢菩薩、右の端に文殊菩薩を配して、六曲一双の屏風「二菩薩釈迦十大弟子」とした。

この「二菩薩釈迦十大弟子」は、まだ無名時代のものであったため、昭和十四年につくられたときはあまり注目されなかった。ところが戦後の昭和三十（一九五五）年にサンパウロのビエンナーレに出品されて、グランプリを獲得した。以後、彼の名が急速に国際的に知られるようになった。

私は長いあいだこの作品が好きだった。その魅力にひきつけられ、親しんできたつもりになっていたが、あるときふと気がついて、妙な気分に陥った。それというのも、作品は「二菩薩釈迦十大弟子」と称されているにもかかわらず、そこには肝心かなめの「釈迦」が出てこないからだった。ここでいわれている「釈迦十大弟子」は、釈迦と十大弟子のことではなく、単に釈迦の十大弟子だったということだ。

棟方志功にとって、釈迦そのものの存在ははじめから念頭になかったのではないか、と疑ったのである。棟方自身、著書の『板画の道』（宝文館、昭和三一〈一九五六〉年）のなかで言っている。

……制作するときは、どれが須菩提で、どれが目犍連か、そういうことはひとつもわからずにつくりました。ただ、十人の釈迦の弟子の風体をした人間をつくったのです。……あらゆる顔、形、あらゆる人を十に彫ってみたいと思ったのです。……仏に近づきつつある人間の姿を描いただけで、下絵も描かず、板木にぶつけて筆を下ろしました。

よく引かれる文章であるが、ここからだけでも彼ははじめから釈迦という存在を問題にしていなかったことがわかる。釈迦の存在どころではない。その十大弟子にしてからが、人間の百面相を描くための道具にされてしまっているのである。

はじめのうちは、それが棟方志功という人間だ、と思っていた。天衣無縫というか、傍若無人というか、青森という風土が生んだ縄文の変種、辺境の芸術変種かと考えていた。がしかし、やがてそれはもしかすると根本的にまちがっているかもしれないと不安になった。

彼の、もう一つ似たような作品にお目にかかったときだ。昭和二八（一九五三）年につくられた「耶蘇十二使徒板画柵（やそじゅうにしとはんがさく）」というのがそれである。このとき彼はちょうど五十歳になっていた。昭和十四（一九三九）年に「釈迦十大弟子」をつくったときから数えて十四年が経っている。

私は以前、ある展覧会に出品されたこの板画を見ていて、びっくり仰天した。度肝を抜かれたといってもいい。それというのもその十二使徒たちの眼の表現が奇抜といえば奇抜、グロテスクといえばいえるようなタッチで描かれていたからだ。片目が開いていないもの、一方の眼に瞳が二つ点じられているもの、一方が白眼で他方が黒眼のもの、四角の瞳と円形の瞳を組み合せたものなどなど、およそまともな両眼をつけているものが一つもない。悪ふざけが過ぎているとしか思えなかったのである。キリスト教に対する無意識の偏見がそういう形で噴きだしているのかと、一瞬いぶかったほどだ。

が、しばらくして私は、この「耶蘇十二使徒」においてもイエス・キリストその人の存在があとかたもなく消去されていることに気がついた。「釈迦十大弟子」において釈迦を追放したように、ここでもイエスははじめから勘定に入れられてはいない。

その不思議な符合の前に、私は立ちどまった。そのような制作意図の合致は、たとえ無意識のものではあったにしても決して偶然ではなかったのだろうと思ったのである。そのことのいわば発見が、私にひとつの強い暗示を与えた。

棟方志功は明らかに釈迦殺しを敢行している。耶蘇殺しに手を染めている、と思わないわけにはいかなくなったのだ。棟方板画における「師殺し」、棟方芸術における「主殺し」のモチーフである。

彼の「わだば、ゴッホになる」は、独立自尊の宣言だったのであろう。

『夕鶴』について

先代の茂山千之丞さんが二〇一〇年にお亡くなりになられてから随分経つ。大蔵流狂言師の重鎮として、伝統芸能の普及に努めた方である。八十七歳だった。

千之丞さんは天性の美声と豊かな声量でファンを魅了しただけではない。六〇～七〇年代には、歌舞伎や新劇、オペラの舞台にも立たれ、役者のほかに演出家としての才能も存分に発揮された方である。

還暦を迎えられたとき（昭和五八〈一九八三〉年）、ご自分の生前葬をおこなって世間をあっといわせた。場所は京都府立文化芸術会館、まず白装束に三角の白布を額につけた亡者となってあらわれ、本人の「お別れのあいさつ」からはじまった。舞台中央に棺桶が置かれていて、その中に入る。入棺の儀である。

葬儀委員長は朝比奈隆さんがつとめ、友人代表の梅原猛さんの弔辞が続いたあと、米朝さんのお手向け噺「地獄八景」があって照明が一変。するとピンクのジャケットを着た千之丞さんが棺桶から飛びだし、マイク片手に当時流行っていた演歌「夢芝居」を歌ったのだという。私は残念ながら、その生前葬、いや舞台を観てはいなかったが、ただ一度だけ千之丞さんとは対談をさせていただく機会があった。そのときのことが忘れがたい思い出として残っている。

平成十一（一九九九）年の五月のことであるから、もう二十一年前のことになる。その席でうかがったのが、新劇の『夕鶴』に出演されたときの体験談のひとこまである。

『夕鶴』は木下順二の名作である。山本安英さんが主演し、「つう」の役を一〇三七回も演じたというのだから人気のほどが知れる。この作品は民話「つるの恩返し」を現代劇にしたものだ。傷ついた鶴を百姓の与ひょうが助ける。鶴は恩返しのために与ひょうの女房になり、羽根をむしって美しい着物を織ってやる。それを売って大金をもうけた与ひょうは仲間にそそのかされ、要求をエスカレートさせていく。が、つうは彼らの強欲に愛想をつかし、天に帰っていく。最後のシーンで、人間たちに絶望したつうが、赤い夕焼け空にむかって飛んでいくのである。

はじめの頃、与ひょうを演じていたのは宇野重吉さんだったが、宇野さんが亡くなったあとは狂言の茂山千之丞さんがやることになった。『夕鶴』公演で、この与ひょう役を五百回以上やられていたのではないだろうか。

そのときの体験を語られた話が忘れがたいのである。

難しいのは最後の場面でした。つうが夕焼け空に飛び立っていくとき、与ひょうははじめて大切なものを失ったと気づく。その気持ちを、自然に涙が流れてくるように演ずるのであるが、それがとても難しい。歌舞伎のような古典芸能の場合、泣くときはたとえば「カァ……」といって「カ行」で泣くのであるが、『夕鶴』のような現代劇の舞台では様式にのっとって泣くのではなく、自然に涙が流れてこなければならない、それが大変でした。

と言っておられたのである。古典を現代に生かすとはそういうことかと納得したのであるが、千之丞さんが舞台役者としてジャンルを越えて活躍をされた背景にそのような苦心の積み重ねがあったわけである。

『夕鶴』上演の問題にもどっていえば、先にもふれたが主演の山本安英さんが亡くなったあとは、作者の木下順二さんの意向もあって長らく上演されなかった。ところがそれがほぼ十一年ぶりに東京の銀座セゾン劇場で蘇ることになった。新しいつう役の主演が坂東玉三郎さんということで話題になったが、このときは私は観る機会を逸してしまった。が、その後まもなく大阪で再演されることになって、それで京都から出かけていったのである。

その玉三郎さんの舞台を見て、私は驚いた。なぜなら「つう」が最後に天に帰っていくとき、空から雪が降りしきっていたからである。舞台からは、あの山本安英さん時代の鮮やかな夕焼け空が消えて、雪が静かにとだえることなく舞っていたからである。

私は一瞬虚をつかれるような思いであったが、やがて腑に落ちた。玉三郎さんが鶴となって天空に舞い上がるシーンは、降りしきる雪空においてこそ最もふさわしいと納得したのである。最初に舞台の幕が上がったときは一面の夕焼け空だったのであるから、それが最後の場面に雪空で終るという演出に変わったのが、とても新鮮で印象に残ったのだった。その雪空をバックに、玉三郎さんの姿は本物の鶴と見まがうばかりにくっきり照り映えて、美しかったのである。

それにしても「夕鶴」とは香り高い言葉ではないだろうか。はじめ私はそれが『万葉集』や『古事記』に出てくる由緒ある古語ではないかと思っていた。ところがどの辞書にも出てこなかった。不思議な気分であきらめかけていたが、ある辞典をくっているとき、それが木下さんご自身の造語であることを知った。「夕鶴」という言葉が、じつは『夕鶴』という作品に発する現代の表現であることがわかったのである。

富士の山とスカイツリー

このあいだ、久しぶりに山梨県の富士吉田まででかけ、富士山を見てきた。

このあいだ、というのが、二月二十三日だった。静岡県と山梨県が腕を組んで、この日を特別に「フジサンの日」と決めたのだという。語呂合せであるが、日本の富士山を何としてでも世界遺産に登録させようと国民運動をはじめたのである。（※二〇一三年、世界文化遺産登録）

前日に新幹線で三島まで行き、そこから迎えの車で富士山の北側をまわりこむ形で御殿場を過ぎて富士吉田まで、ほぼ一時間半のコースだった。あいにくの曇り日で、富士山はガスに巻かれて姿を隠していたが、翌日になって晴れ上った。午前中に下半身をあらわしはじめ、午後になって白雪を深々とまとう豪快な全身を露わにしたのである。

それ以前、もう四十年以上前のことになるが、私は箱根の山を歩いて、そして越えたことがある。一日目は、箱根湯本から雨のなかを元箱根までのぼり、芦の湯に一泊した。翌日は宮の下から歩きはじめ、仙石原まで足をのばした。前日と同じように雨が降っていたためもあり、仙石原からはバスで乙女峠越えで御殿場に出た。そしてその翌日は、沼津まで歩いたのである。

御殿場でふり仰いだ富士山がほとんどこの世のものとも思われない美しさで輝いていたことを思い出したのである。そのあと沼津まで単調な道を歩いていったが、富士はしだいに私の心に滲み通ってくるようだった。沼津に出て海岸に寝そべったとき、岸を打つ荒い波しぶきが空に舞い上った。

私はそのとき、富士の山は東海道を歩きながら見るものだと思った。新幹線の窓を通して眺めたり、飛行機のうえから見下ろしたりするものではない。葛飾北斎や安藤広重の版画にあらわれる富士の姿が、ときに美しく、そして怖ろしいものにみえるのは、それが東海道を足で歩いた人間の眼によってとらえられたからであるに違いない、と思ったのである。

いまふれた北斎の『富嶽三十六景』や広重の『東海道五十三次』に、もうすこし目を近づけてみよう。そこには富士の美しさ、大きさ、立派さが、たしかに見事に描かれているが、ところがその手前の方に点じられている人間の姿は、なんとも小さく、何とも頼りなくみえることか。ちょうど遠近法が逆立ちしているようにもみえ、富士の方がぐっと迫ってきて、まるで生きもののように映る。それに対して人間の側ははるか後景に退いてしまって、芥子粒のようにしかみえない。

それらの画面のなかで真に活きてはたらいているのは富士山の方であって、それに比して人間は風に舞う木の葉や白く飛び散る波しぶきのようにはかなく、存在感が薄くみえる。人間と自然の関係が我々の肉眼でみているのとは逆転して、自然の方がむしろ主人公で独自の意味をもっている。そのような感覚を北斎や広重と私も共有していたのだと気がついたのである。

富士山は単なる山なのではない。それは、あの山部赤人が『万葉集』の「不尽山(ふじのやま)の望(みさ)くる歌」でうたっているように神の山だった。

天地の　分れし時ゆ　神(かみ)さびて　高き貴き　駿河なる　布士(ふじ)の高嶺を……

ここでいう神さびた山は、神のごとく振舞う山を意味していたことは言うまでもないが、それは古く神の降臨する山だったのだ。天孫ニニギノミコトも日向の国、高千穂の峯に降臨している。山に憑着した神や神霊は天空から舞い下りたり、海上のかなたから飛来したりするという伝承が数多く生みだされることにもなった。こうしてこの神霊のこもる山は、いつしか死者の魂の登る山、というイメージをふくらませるようになる。日本列島にひろがる山岳信仰が誕生することにつながったのである。

ところがこの頃になって、異変がおこりはじめた。東京の下町で、途方もない塔を建てるのだという。電波塔では世界一の高さを目指すスカイツリーの建設だという。中国、上海の建物をしのいで、地球を眼下にとらえる眺望を手にするのだ、と日本中大騒ぎになった。

そこで宣伝合戦がはじまる。いろんなメディアで、このスカイツリーを目玉に観光写真による紹介があいつぐようになった。そのなかで私の目を惹いたのが、大きなスカイツリーを前景にして、そのはるか後景に小さな富士山をみせる一枚の絵だった。小さな小さな富士山が、こじんまりした三角定規のような三角形のなかに閉じこめられ、スカイツリーの単なる小道具、いや引き立て役を演じさせられていたのである。

もしも広重がこれを見たら、神をも怖れざる所行として叱りつけたに違いない。北斎もまた、まなじりを決してスカイツリーをはったと睨みつけたに違いないのである。

一と1

つい最近のことである。朝日新聞、六月六日付の夕刊のフロント・ページを見ていて驚いた。その下段に、「今日は「横書き」でどうぞ」という大見出しの活字が目についたからだった。かなりの字数でヨコ書きの記事が載せられていたのである。

両眼をヨコに動かして読んでいくと、日本語の表記にはタテ書きとヨコ書きがあるが、それは世界でもきわめて特殊な習慣であるという意味のことが書かれていた。なぜそうなったのか、これから先その習慣が変化していくのかどうか、そんな問題まで含めて、私にはとても興味のある記事だった。主に、慶応大学教授の屋名池誠（やないけまこと）さんの説を紹介したものだったが、それで思い出すことがあった。

数年前のことだが、ある雑誌からたのまれてエッセイを書いた。そのなかに北原白秋の詩を引用したのだが、送られてきた活字の組みを見て、驚いた。何と、ヨコ組に印刷されていたのである。

ヨコ組に並べられた白秋の詩は、ほとんど死んでいた。一つひとつの言葉が平板に流れ、詩のリズムもエネルギーも雲散霧消していた。白秋に対して謝罪の言葉もなく、詩の言葉はただ囚人のごとくうなだれていたのである。

私はずっと、日本語はタテ書きに書くべきものと思ってきた。日本語の生命は、タテ書きのなかで誕生し、洗練され、人々の心を豊かにしてきたと信じてきた。それがいつの間にか、右を見ても左を見てもヨコ書きの時代になってしまった。

なぜ、そう考えるのか。理由はいくつもあるが、なかでも重要だと思っているのは、日本の言葉が誕生するうえで、万葉集の和歌のリズムが決定的な意味をもっていたと考えるからである。つまり五七調、七五調のリズムであるが、これは時を経て我々の生命のリズムを生みだし、その脈動が我々の生活の全般にいきわたり、深く浸透していった。日本人のライフスタイルの母胎を形づくったのだといってもいい。そして何よりも、そこに根づいていたのが、息を深く吸い、ゆっくり吐きだす呼吸のリズムだったことに注意しなければならない。垂直に上昇し、そして下降する呼吸のリズムが、我々の生命に魂を吹き込んだのである。

ところが、あるとき不思議なことに気がついた。

漢字の一という数字は、ヨコ一本で意味をなしている。だがそれは、ひとたびタテ一本の1に書き直すとき、たちまち漢字としての意味を失う。一の意味を喪失する。だがこれとは逆に、ローマ数字のIやアラビア数字の1は、タテ一本の線形において立派な意味を形成している。ところがである。このタテ一本は、ひとたびヨコ一本の日本語文脈のなかに置きかえると、たちまち数字としての意味を喪失してしまう。

この一と1をめぐる逆対応の関係は、いったい何をあらわしているのだろうか、という素朴な疑問だった。それははたして数字のレベルの話だけで解決できるものなのかどうか。とりわけ、先にふれた日本語のタテ書き、ヨコ書きの問題ともかかわりがあるのかどうか、そういうことも気になるようになったのである。

妄想がわいた。もしかするとその背後に、文字世界と文明世界の秘密が隠されているのかもしれない。たとえばインドで0が発見される以前、漢字文化圏における一は、無や空の観念とも深い関連を有していたのかもしれない。さきのタテ書き、ヨコ書きの問題に引っかけていえば、タテ書きの漢字がヨコ一本の一を発見し、ヨコ書きのローマ文字やアラビア文字がタテ一本の１を発見したのだろうか、などと……。

　そんなあれこれのことを考えていたとき、白川静さんの仕事が蘇った。漢字研究の独創的な大家であり、大成者といってもいい人である。私は白川さんにお目にかかったことはなく、したがって親しく謦咳に接することもなかった。遠くの方から、はるかに仰ぎみるような気持で、その人の仕事をみつめていただけだった。

　もっとも一度だけ、白川さん畢生（ひっせい）のお仕事である『字統』『字訓』『字通』の三部作が完成したとき、書店から頼まれて推薦の辞を書いたことがある。「梵」・「漢」・「和」を対照させたサンスクリットの辞典と比べて、それがどういう性格の字書であるかについて若干の感想をつらねたのである。あまりも迂遠な、淡いお付き合いでしかなかった。

　けれども私は、その白川さんが研究者の群れの中に分け入ることなく、いつも自然体で孤高の道を歩いておられる姿に畏怖の念を抱いていた。学問の道にひとり悠々と楽しんでおられる風情に惹きつけられ、励まされていた。

　その白川静さんは、平成一八（二〇〇六）年にこの世を去られた。さきの一と１をめぐる逆対応の関係についても、ぜひ直接お目にかかってお聞きしたかったのであるが、それがもうかなわない。白川さんの姿は、私の目にはヨコ一本の漢字の一ではなく、タテ一本の、垂直の１として屹立しているように映っているのである。

潮流体験と遍路の旅

二〇一二年七月十五日、思い立って暑熱の瀬戸内へ旅に出た。山陽新幹線を新尾道で降り、そのまま車で「しまなみ海道」をたどって海を渡る。大三島(おおみしま)では大山祇神社にお詣りして、今治に到着。あとは松山まで足をのばして道後温泉に泊まった。

大島沖には能島という周囲約七五〇メートルの小さな島がある。この島は村上水軍の居城跡といわれる場所で、まわりを激しい潮流が滔々と流れ、渦巻いている。瀬戸内海最大の難所といわれるところだが、そこで「潮流体験」と称する船に乗りこんだ。能島の周辺海域を、四十人乗りの観光船に乗せて、ちょっと意表をつくような酩酊体験をさせるという趣向である。しまなみ海道の見所とされる「伯方・大島大橋」の下をくぐり抜ける約四十分のコースである。このあたりの海域では最大一〇ノット（時速約十八キロ）の潮流が渦を巻くといわれ、激しい揺れに身をまかせているうちに、あの源平合戦で瀬戸内の海がいかに大きな役割を果たしていたかということにあらためて気づかされた。

源平合戦では、平家一門はことごとくこの海に入水して果てている。源氏の作法では、武士のほとんどは切腹して決着をつけるのがならわしであったが、平家の場合はおそらく血の汚れを嫌ってであろう、入水の最期を選んだのではないだろうか。それが平家の美学だったような気がする。

「船弁慶」という能の舞台が甦った。これは源平合戦で滅亡した平家の亡霊が、瀬戸内海を舟で渡る義経や弁慶の前にあらわれて襲いかかる、というものだ。よく知られている曲であるが、能島をめぐる酩酊体験を楽しんでいるとき、ふと、この「船弁慶」を潮が激しく流れるこの海上を舞台に上演されたらどうだろうか、と妄想がわいた。能の新しい展開につながるかもしれないではないか。「船弁慶」のドラマを実際の船の上で再現してみせる……。

あの渦潮の上に小舟をいかだ式につなげ、能舞台にかわるような仕掛けをつくって、たとえば義経の八艘飛びのような荒業をみせる。そんなことを実際にできる能役者がいるのかどうかわからないが、想像するだけで胸がわくわくする。それがあまりにも現実離れしているというのなら、いっそ能島の浜辺に特設舞台をつくり、観客は船上から眺めるという趣向に変えてもいい。それができれば国内はもとより、世界中から注目されるようになるだろう。

大三島では、先にも言ったように大山祇神社に参詣したが、ここはすでに平安時代から「日本総鎮守」と称され、深い信仰を集めてきたところだ。境内の周辺は、国の天然記念物「大山祇神社のクスノキ群」の照葉樹林に覆われている。本殿の正面には、見上げるばかりの樹齢二千六百年といわれるご神木「大楠」が鎮座ましましている。

もともと日本の総菩提寺は高野山（和歌山県高野町）とされてきたが、瀬戸内の大山祇神社（愛媛県今治市）の方は海の神と山の神を統合する日本総鎮守と称されてきた。日本の社寺がもと神仏共存で建てられてきたことをふまえて考えてみると、総鎮守が瀬戸内海にあって、総菩提寺が高野山におかれている対称性が、何とも面白い。

じつはこの大山祇神社に行ってまず驚かされたのは、源氏の武将たちが奉納した武具甲冑が大量に保存されていたことだった。源頼朝や義経が奉納した威風堂々の鎧や、大森彦七が奉納した豪華な大太刀が目を引いた。これらの国宝八点を含む多数の国指定の重要文化財が宝物館にところせましと展示されていたのである。

松山にでて道後温泉に泊った翌日は、四国遍路の始祖として語り伝えられる衛門三郎のふるさとを訪ねてみることにした。それが現在の松山市荏原町に残る「八ツ塚群集古墳」と命名される場所で、遍路発祥の地ということになっている。

話のもとになったのが、衛門三郎の伝説である。旅に行き悩んでいる僧が、伊予国の豪族だった衛門三郎の屋敷を訪ねて、一椀の食を求めた。ところが強欲な衛門三郎は僧がささげもつ托鉢を奪って、地面に叩きつけてしまう。やがて衛門三郎の八人の子どもが次々に死んでしまい、たまたまそこを訪れた托鉢僧がじつは弘法大師だったことが明かされる。それを知った衛門三郎はおのれの犯した罪を悔い、滅罪のために財産を処分して大師のあとを追う。それが四国遍路の始まりになったのだという。こんにち、史跡として残されているさきの「八ツ塚群集古墳」は、衛門三郎の八人の子どもの墳墓として語り伝えられてきたのである。

八つの墓は、村のたんぼや畑のなかに一定の間隔を置いて点在している。そのうちの一つは、ある民家の屋敷のなかに人目を避けるように祀られていたのである。

啄木の歌碑

二〇一三年のことだが、その六月一日、「啄木祭」に招かれ、それに参加するため岩手の渋民に行ってきた。

啄木は大正元（一九一二）年に亡くなっているから、その年は没後百年にあたっていた。それでその前後、啄木回顧の催しがいろいろおこなわれていた。毎年この時期に開催されている「啄木祭」もその一環に組みこまれていたのである。

啄木の生家は盛岡の北郊に位置する渋民村にあったが、こんにちでは町村合併で盛岡市玉山区に編入され、その地に啄木記念館が建てられている。それに隣接して、生前の啄木が教えていた小学校が移築され、昔日のおもかげを残して保存されていた。

その記念館ではちょうど「啄木と三陸海岸―自然破壊への警鐘」という企画展が開かれていた。当時の啄木が、急激な産業化による自然破壊に胸を痛め、痛烈な文章を書き、歌をつくっていたことを示す資料が展示されていたのである。

館内を歩いていたとき、大きな一枚の日本地図が掲げられているのが目に入った。見ると、啄木の歌碑の分布図だったが、意外なことに気がついた。歌碑のほとんどが東北から北海道の地域に集中的に建てられていて、関西や九州地方はほとんど空白のままだったからである。考えてみれば当然のことかもしれなかったが、しかし啄木の短歌の人気とその普及度からすれば、それはそれでまことに不思議な光景に映ったのである。

同じ岩手県出身の宮沢賢治の場合と比べてみよう。彼は啄木より十一歳下で、同じ盛岡中学に入学しているが、こんにちの賢治の名声はほとんど日本の全土に及んでいるといっていいだろう。むろん単に歌碑や記念碑の数だけで両人を比較することにさしたる意味があるとも思えないが、しかしそれにしても啄木の歌碑が関西地区にほとんどみられないということには、やはり考えこんでしまったのである。

だが例外がなかったわけではない。そのことをここでは紹介しておこうと思う。

平成二十一（二〇〇九）年のことであるから、もう十年以上前のことになる。京都に本社をおく「中外日報」紙の十月一日号の「社説」に、啄木をめぐる記事が載ったのである。珍しいこともあるものだと読んでみると、意外なことが書かれていた。何と、啄木の歌碑の除幕式が、高知県のJR高知駅、その駅前広場の一角でおこなわれていたのだという。

九月十二日午前十時十五分、駈けつけた人々の拍手の音が響くなか、白い布覆いの下から薄緑色の石碑が姿をあらわした。その除幕の綱を引いた一人に、盛岡市の玉山区渋民から訪れた石川啄木記念館学芸員の山本玲子さんがいた。山本さんには『拝啓 啄木さま』（盛岡、熊谷印刷）というユニークな著書があるが、啄木研究一筋できた人である。また彼女は盛岡の民放テレビでキャスターとしても活躍しているが、先年、啄木関連の取材で京都にこられ、それで私ははじめて面識を得たのである。その縁で、さきの「啄木祭」の講演という仕事が舞いこんだのだった。

なぜ啄木の歌碑がＪＲ高知の駅前広場に建立されることになったのか、当然の疑問がおこるが、じつは啄木の父親が、渋民にある曹洞宗寺院住職の石川一禎で、歌もつくる人だった。しかもこの父は、啄木の死後各地を転々とし、鉄道職員だった啄木の姉婿とともに高知駅近くの国鉄（当時）官舎に住み、昭和二（一九二七）年、七十六歳でこの世を去っている。その思い出を記念するために、父子の合同歌碑を建てて追悼しようということになったのである。

当時は雨もよいとの天気予報だったにもかかわらず、百二十人あまりの短歌ファンが集まった。さすがは啄木、と感動したのが、「啄木の父・石川一禎の終焉の地に歌碑を建てる会」の会長で、高知ペンクラブ会長の高橋正氏である。このとき高知県だけではなく全国二十五府県から三百万円の浄財が集まったという。歌碑に刻まれた歌は、父一禎が

寒けれど衣かるべき方もなし
かかり小舟に旅ねせし夜は

啄木のが

よく怒る人にてありしわが父の

日ごろ怒らず
怒れと思ふ
（『一握の砂』）

である。

啄木の歌碑は全国で百基以上あるとのことであるが、この「よく怒る……」碑は高知がはじめてであるという。

若い頃の啄木は、家にあっても地域や学校においても大人の言うことには耳を貸さない反抗児だったのだろう。父はそのようなわが子に怒りを発し、声を大にして叱りつけ、ときには手をあげることもあったのではないか。やがて啄木は夢を追いかけて流浪の旅に出る。年を経て再会したとき父はすでに老い、怒ることを忘れて静かに生きていた。父よ、すこしは怒れ、声にならない声をあげている啄木が、そこにはいるのである。

サルとヒト

酷暑、熱暑の夏で、冷房の部屋にこもってカゼを引いてしまった。全治するのに一カ月ほどかかったが、それで癪（しゃく）にさわり、人前では「暑い」とは言わないことにした。やせ我慢を決めこんだのだが、そんなとき朝日新聞のコラム欄で長谷川真理子さんの軽妙な発言にふれ、目を開かれた。

長谷川さんは世に知られた進化生物学者で、人間の進化と適応というテーマで研究されてきた。「炎暑こそ」というのがその話の内容であったが、ヒトは暑さには適応できるけれども、サルやチンパンジーにはそのような適応力はないのだという。

一般に哺乳類というのは寒さにはつよい。なぜなら寒いときは地中に潜ったり何かをかぶったりして寒さをしのぐ。けれども暑いときは体温を下げるためにただハアハア息をするだけで、やりようがない。

ところがヒトは、大量に汗をかくことができるので、その蒸発熱で体温を下げることができる。その点ではまことに珍しい動物なのだという。炎天下のサバンナでも歩きまわって獲物を追い、植物を探す。あげくのはてにマラソンなどという途方もないことまでやる。

それに比べるとサルやチンパンジーは、たとえヒトと同じ霊長類の仲間とされていても、そんなふうに汗をかくことができない。そのため暑い盛りにできることは、木陰にじっと座っているだけである。話がそのことに及んだとき、私は、ああ、と思った。積年の胸の支えが、一挙に下りたような気分になったからである。

私はかねて教科書などの解説で、太古の昔サルは森から出て直立歩行をはじめた、といった文章を読まされて不思議なことに思っていた。本当のことをいえば、サルでもチンパンジーでも、森から出てきたあとも立ったり座ったりしていただろうと思っていたからだ。

森から出たサルが、直立歩行するヒトの世界に一直線に進化していったはずなどないだろう。けれども、私の理解力が浅いためなのか、何となく低進化のサルは地上に座る生活を中心とし、それに対して高進化のヒトは直立歩行の術を身につけ文明人として成長していったのだ、といったような常識ができあがっていた。

そういえば、最近の人工知能やロボット研究などもこのような考え方が主流をなしているような気がしてならない。なぜなら近年、話題になったロボットのなかで、いつでも関心を集めるのが直立歩行するロボットであって、その精妙な動きに拍手喝采が送られる。

むろんロボットにもエンタメ型、ペット型、ヒト型などがあって、その機能もさまざまである。介護ロボットやペット・ロボットには座ったりうずくまったりするもの、犬型や猫型などまであるが、ヒト型はほとんどが直立歩行の機能を売りにしている。ところがそれに対して「座る」ヒト型ロボットにはほとんどお目にかかることがない。

私は以前、名古屋でおこなわれた「愛知万博」のパビリオンづくりに参加し、助言をする機会があった。そのとき「座って合掌するロボット」というアイデアを出してみたのであるが、誰からも一顧だにされなかったことを覚えている。座って合掌するロボットを見て子ども達がその真似をし、そこで大人達がハッと気がつく、そんな効果を期待したのであるが、それが水泡に帰した苦い経験がある。トヨタのお膝下であっただけに、落胆の思いは深かった。こんなにち流行の人工知能（ＡＩ）中心の時代では、ますます近代風の顔をした直立歩行の価値観が、それこそわがもの顔にふるまうようになるのではないだろうか。

世界の多様な文化圏をちょっとでも見渡してみよう。すると一日の暮らしが地上に座る時間を中心に組み立てられている伝統的な文化圏がまだまだ多いことに気づかされる。それに比べると、近代化の掛け声のもと直立歩行にもとづく産業社会が、ここわずか一、二世紀のあいだにますます拡大してきたということがわかる。サル・チンパンジー型の「座る」文化から、人工知能・ロボット型の「直立歩行」文化への急激な変化が、その背後に横たわっていたようにも思うのである。

さきの長谷川さんのお話にもどって言えば、とにかく環境変化のスピードが速すぎて、ヒト社会が対応できなくなってきたのかもしれない。もともと暑さへの適応が得意だったはずの人間が、こんにちこの国では体温が上がりすぎて熱中症になる人が増えている。そのうえ東京などの大都市では冷房の排熱などでヒートアイランド化して、自分で自分を暑くしている面もある。人工的な環境のなかで暮らしているうちに、自然の変化を感じとれなくなってしまった……。

森から出てきたばかりのサルやチンパンジーたちが地上に座って暮らしを立てていた光景が、何ともなつかしく思い出されるのである。彼らはやがて進化のプロセスを経て直立歩行の生活に入っていったのであろうが、そのとき彼らはいったい何を失ない、何を犠牲にしたのだろうか。

神の死

いつだったか秋たけなわの頃、はじめて宮崎の高千穂を訪れた。その地をふるさとにもつ作家の高山文彦氏に招かれたからだ。

氏とは、東京に出るようなとき、ときどき出会う。会えば居酒屋やスシ屋に連れだつ段どりになるが、夜おそくまでワインを飲み続ける。いつ果てるともなく終宴とはならないから、私は眠気を催して席を立つ。

氏はノンフィクション・ライターとして世に出たから、その細おもてに似合わず足腰は頑丈にできているのであろう、探検家のように俊敏な神経をはたらかせて僻地や未開地に足を運び、そこでもワインを飲み続けてきたに違いない。

その日は、大阪の伊丹から熊本空港に飛んだ。そのまま出迎えの車にのせられて二時間近く揺られ、深い山峡を越えたあたりから高千穂町の街並みがみえてきた。

神話の里、という雰囲気がいつの間にか毛穴にしみこんでくる。

この地には昔、高千穂鉄道が通っていたが、廃線になった。その残照を存続させ、展示しようとの心組みなのだろう、山あいの麓にその軽便鉄道の車輌が一台ポツンと置かれていた。

ああ、ここは、岩手は花巻を出発した賢治の銀河鉄道が、その長い旅路を経て最後にたどり着いた最南端の終着駅かもしれない、と思う。

高山氏はその旧高千穂鉄道を、観光用の「高千穂あまてらす鉄道」に衣更えして、その社長におさまっていた。その文化事業の一環として、私に誘いがかかったのである。

以前から、高千穂の峰といえば天地が割れ、天つ神が地上に降り立った最初の霊地であると思い、憧憬の念を抱いていた。高山氏は気づくまいけれども、それはほとんど文明というものの根源に対するあこがれに近いものだった。万葉集の山部赤人も、「天地の分れし時ゆ」とうたっている。あれは富士山のことだが、高千穂の峰にこそふさわしい詠嘆ではないかと思ってきた。

その高千穂に天降った代表選手が天孫三代である。アマテラスに、地上を統べるよう命じられたニニギノミコト、それに続くヒコホホデミノミコト、ウガヤフキアエズノミコトの三神だ。

面白いことにこれら三神は、死んだあと、この高千穂連山をめぐる山陵（墓所）に葬られている。その場所を神話の記述では「日向（ヒムカ）」の地と呼んでいるのである。

高山氏はその墓所のひとつ、日向の「吾平山陵」に連れていってくれた。町はずれの小高い麓で、高千穂神宮の近くにそれは祀られていた。鳥居の間から仰ぎみると、樹林を通して神気が迫ってくる。幕末あたりに当時の考古学者か国学者によってそのように推定されたらしい。もちろん事柄が事柄だけに、確たる証拠があるわけではない。けれどもさすがに大地に鎮まる神の気配がそこらじゅうに漂っていた。

ところが記紀の記述をみればわかるが、他方で、天上から地上に天降ることのない神々が活動していることにも気づく。いわゆる天つ神と称される一群の神々である。こちらの方は、死んで葬られることのない、ただ一時的に身を隠すだけの神々である。だから天孫三代のように山陵に葬られることもない。神話の記述では「お隠れになる」と記されてはいるが、これはこんにち我々が用いるような、死去する、逝去するということではない。それは一時的に姿を隠すだけのことであって、そこに死の観念が忍びこむことはない。

ここは肝心の点で、誇張していえば、日本神話の本質をつかむためにはどうしても欠かせない急所といっていい。もっとも、日本神話に登場する八百万の神々の運命をその性格のうえから分類したり整理するにはいろいろな方法があるだろう。だがそのなかで、他の文化圏との違いをもっとも特徴的にきわ立たせるのが、日本の神々には二種類のタイプがあるといういま挙げたことだ。この点は大方の神話学者や古代史家がほとんど注目していない特質なのだ。つまり、身を隠す神と葬られる神の二つの神があるということに気づいていない。

天上に坐す(います)神は高天原での活動を終えると、そのまま天上世界で姿を隠してしまう。たとえばアマテラスのように。この神は弟神のスサノオノミコトの乱暴に怒って天の岩戸に身を隠すが、怒りが解ければこの世(高天原)にまた現われる。これに対して天孫三代の神々は死んで地上に葬られ、再び天上界にもどることはない。日本神話の宇宙では、天地が分れたとき神々の世界もまた真っ二つに分れたのである。その宇宙大分裂の衝撃は、山部赤人の富士山讃美の長歌もさることながら、それ以上に高千穂賛歌の伝承のなかにこそいっそう鮮やかに記されている。
その讃歌のなかでうたわれている中心的な主題が、まさに神の死ということだったのではないだろうか。そしてこの神の死の伝承がうけつがれていき、やがて我々は神武天皇の誕生を迎えるのだ。神の死から人の死へ、という系譜がこうして形づくられていったのである。

本文に登場する神々の名を漢字で書くとこうなります（他にも諸説があります）。一度神話の世界を調べてみませんか。

・アマテラス【天照大神】
・ニニギノミコト【瓊瓊杵尊】
・ヒコホホデミノミコト【彦火火出見尊】
・ウガヤフキアエズノミコト【鸕鷀草葺不合尊】
・スサノオノミコト【素戔嗚尊】

「忖度」騒動を診察する

朝日新聞の「歌壇」の歌を見ていて、あっと目に止まったのが「忖度（そんたく）」という漢語だった。歌言葉という叢からは最も遠いところから、突然、眼前に飛びこんできた異物のように映った。

「忖度」が通訳できず記者たちが戸惑っているニッポンの闇（埼玉県　島村久夫）

この歌を選んだのが馬場あき子氏と永田和宏氏の二人で、それだけ注目度が高かったのだろう。

もっともこの話には前日譚があって、同じ新聞の「天声人語」にすでにとりあげられていた。それによると、英紙のフィナンシャル・タイムズの見出しにSonTaku（忖度）の語があって、「まだ出されていない命令に、先回りして懐柔的に従うこと」と苦心の訳をつけていた、とあった。その苦々しい思いが、歌壇のにぎわいにもつながったのだろう。

例の、「森友学園」騒動である。

国有地の払い下げをめぐり、役人たちが偉い人の意向を忖度した異例の行政判断をして、議会では議論百出、ところがいつの間にかウヤムヤにされようとしている事件である。

「忖度政治」という自嘲の声があがり、世論はあきれ、それが先に引いた歌の中の「ニッポンの闇」という言葉を生みだしたのである。

「忖度」を辞書で引けば、もちろんいろいろな意味をそこから抽(ひ)きだせるだろうが、ふつうは他人の気持ちや思いをおもんぱかる、配慮する、といったあたりに落ち着くのではないか。委員会での質疑応答のなかで安倍晋三首相は、「忖度は悪い忖度もあるが、良い忖度もある」と苦しい答弁をしていたが、その「良い忖度」には「他人をおもんぱかる」「他人を思いやる」というポジティブな意味があると言いたかったのだろう。

もう一つ、この「他人をおもんぱかる」にあたる、それこそ「良い忖度」と言ってもいいものに「察する」という言葉遣いがある、と私は常日頃思ってきた。さらにこの「察する」には、「診察」という、何とも気持ちのよい医療上の派生語があることにも気づく。

このところ歳のせいで病院通いが多くなったが、いくつかの病院の「診察券」、内科や外科や眼科などの「診察券」がたまるようになった。

ああ、そうか、日本の医療とは、「診て察する」だったのかと、ひそかに感心したものだった。ところが、いつ頃からか、この言葉がだんだん「医療」とか「治療」とか、そういう言葉に言いかえられていくようになった。

新聞や雑誌でも、テレビやラジオでも、「診察」に代って「診療」が大手をふって歩くようになっていた。病人の病いを「治療する」こと、それが第一義で、病人の悩める心を「察して治す」という意味がだんだん希薄になっていくようだった。「三分診療」ということが言われるようになったのも、そのころと重なっていたのではないだろうか。病人の「診察」をしようとすれば、とても「三分」では追いつかないだろうという自省がはたらいて、それで「診療」という言葉に席を譲っていったのかもしれない。

このあいだふと気がついて、自分自身のアイデンティティー・カードである「被保険者証」をあらためて見ると、そこには「後期高齢者医療被保険者証」と書いてあった。「診察被保険者証」ではなく「医療被保険者証」というわけである。ここでも「察する診療」が避けられて、あえていえば病いを「告知する医療」へと大きな変化がおきているということかもしれない。こんにちでは、先にもふれたが、病院の入り口で窓口に差し出す「診察券」にだけ「診察」という言葉が残されている。これもいずれは「診療券」に変えられてしまうかもしれない。「察する」という優しい大和言葉が、今やこの日本列島においては風前の灯のなかで揺れているのである。

つぎの歌をじっくり眺めていただきたい。

秋来ぬと目にはさやかに見えねども風の音にぞおどろかれぬる（『古今集』巻4）

平安貴族の藤原敏行がその作者。「秋が来たと、目にははっきり見えないけれども、耳に聞く風の音には、ああ秋だなと、はっと気づかされることだ」。

風の吹く気配を肌身に感じ、秋の到来に思いを寄せている。季節のわずかな変化や推移を察して、身づくろいをする。生活のリズムを改める。人間の関係も、この察し察しられる身ぶりのなかでととのえられ、バランスのとれたつきあいがつくられていく。

ああ、この国は長いあいだ、気配の文化とでもいうべき世界をつくりあげてきたと思わないわけにはいかない。あうんの呼吸も、以心伝心も、みんなこのような察し察しられる気配の文化のなかで営々と築きあげられてきたということがわかる。

その先人たちの貴重な伝統を今回の「忖度」騒動は、泥でふみにじっているように思えてならないのである。

紫式部と夏目漱石の違い

昭和五（一九三〇）年、谷崎潤一郎が妻を佐藤春夫に譲り、そのことを連名で公表したことがあった。それはこんにち、文士による妻の譲渡事件として知られている。また記憶している人はもう少ないかもしれないが、大正十二（一九二三）年には、白樺派の作家、有島武郎が雑誌記者の波多野秋子と愛のもつれから心中――、世間を騒がす情死事件をおこして大きな話題になった。

こんにちのマスコミ報道の言い方からすれば、いずれも姦通不倫の果て、ということになるのであろう。その報道に煽られて、一般のあいだからも非難のつぶてが投げつけられる。許しがたい姦通事件、不倫事件として話題になり、まるで犯罪のように扱われてしまう。だからそれを男と女の愛と葛藤の物語として読みとろう、受け取ろう、というような気分にはなかなかなれない。

なぜ、メディアはそれを事件としてしか報道しようとしてこなかったのか。そこにはもちろんいろんな要因が働いていたであろう。だが、その根っこに潜んでいるものが何かと問われれば、私は、男女の間の深層に横たわる愛憎の三角関係への関心が、まことに希薄だったことに起因するのではないかと考えている。

わが国の文芸の流れを眺めていればわかるが、この男女の愛と葛藤のドラマを正面からたじろがずに描き切ったのが『源氏物語』だった。なかでもその典型が、「葵の上」をめぐる物語だ。主人公の光源氏には恋人の六条御息所（ろくじょうのみやすんどころ）がいたが、今は正妻の葵の上を得て、男子の出産を待つばかりだった。ところが、産室に横たわるその葵の上に六条御息所の生き霊がものの怪となってとり憑く。加持僧の祈祷のなか、難産のはてに夕霧が生まれるが、ほどなくして葵の上はこの世を去る。再び光源氏の女性遍歴がはじまり、新しい三角関係の輪が二重三重に網をひろげていく。「もののあわれ」のテーマが「ものの怪」を介して心の闇の世界をつぎからつぎへと照らし出す。

ところがこの『源氏物語』の作者によって発見されたはずの世界が、どうもそれ以後の時代に受けつがれたような形跡があまりみられない。ようやく近代になってから、この重いテーマに取り組もうとしたのが、わずかに夏目漱石だったのではないかと私は思う。英国に留学した漱石は、西欧文学の伝統のなかで姦通の問題が人間に深刻な三角関係を呼びおこすということにあるとき気がついたはずである。彼の後期の作品にその主題が集中的に登場してくるのもそのために違いない。

発端は『それから』(明治四二〈一九〇九〉年)である。主人公の代助は三千代を愛していたが、結局、友人の平岡に譲ってしまう。しかしその後、平岡と三千代のあいだに夫婦の情愛は育たなかった。それに応じて代助と三千代のあいだがすこしずつ接近の度を深めていく。平岡は最後に妻を譲ることを約し、代助は将来のあてもなく、街に飛びだしていく。見ての通り、この小説では、三千代を奪う代助と奪われる平岡が葛藤やいさかいを引きおこすことなく話が終息してしまう。姦通の成就とともに三角関係の輪郭がぼやけていく。気がつくと、三千代と代助の孤独な二極だけ、という関係になっているのだ。

興味あることに、このような人間模様はつぎの作品『門』(明治四三〈一九一〇〉年)にもそのまま引きつがれている。姦通を成就したさきの代助と三千代が、こんどは宗助と御米(およね)というように名前を変えて登場し、ほとんど二人だけの生活を中心に話がすすんでいく。

御米はもともと、宗助の大学生時代の友人、安井の妻だった。宗助はそれを奪ってわがものにしたわけで、そのため現在の夫婦の生活が世を忍ぶ形になっている。しかも妻を奪われた安井は宗助と御米の記憶のなかにしかあらわれない。書生時代という過去の記憶のなかでしか語られないからだ。

『こころ』（大正三〈一九一四〉年）の小説世界でもそうだ。「先生」と「奥さん」と親友「K」のあいだで演じられる裏切りの三角関係である。ところがこの小説では結局「K」と「先生」が自殺して三角関係そのものが崩壊してしまう。さきの『それから』や『門』の場合と同じように愛憎の葛藤を物語として発展させていくようにはならない。姦通、不倫の物語へとつながる芽がいつの間にかつみとられてしまっている。

夏目漱石はどうやら男女の三角関係を結局は二極関係つまり対の関係へと収束させようとしているだけでなく、その対の関係すら最終的には解消してしまおうとしているのではないだろうか。その漱石のこころの深層を探っていけば、姦通や不倫という「事件」に対する、彼自身の倫理的自己抑制ともいうべき意識を新たに発見することができるかもしれない。

紫式部と夏目漱石の違いである。

恨の五百年

韓国との近所づき合いが、依然としてギクシャクしている。このところ、慰安婦問題で日韓両政府が交わした「合意」が怪しくなって、なかなか収まらない。しばらく前、米国サンフランシスコでは、現地に建てる慰安婦像の受け入れと設置に市長が署名をしたために、日本の大阪市がそれまでの姉妹都市交流を解消する方針にふみきった。

何かがあると、両国のあいだには官民あげて火が噴く。そんなとき、いつも思い出すのが「恨（ハン）の五百年」という韓国の言葉である。ところが不思議なことに、この言葉が最近になってほとんどきかれなくなった。これはもともと、韓国人はほぼ五百年のあいだ「恨（うらみ）」の気持ちを抱いて生きてきた、ということだ。それが深く大きなわだかまりになって、いまだに燃え続けているというわけである。

随分以前のことになるが、韓国の文化大臣をつとめたことのある李御寧（イオリョン）氏の『恨の文化論――韓国人の心の底にあるもの』（裴康煥訳、学生社、一九七八年）を読んで胸を衝かれたことを覚えている。氏は一九八二（昭和五七）年になって『「縮み」志向の日本人』（学生社）を刊行して大きな話題を呼んだが、この『恨の文化論』では、民話や歴史的なドラマを分析して日韓両国民の感性を比較している。

それによると、韓国文化の母胎となっているのが「恨の文化」なのだという。日本語でいう「うらみ」は「怨」や「恨」にあてられ、ほぼ同じ意味に用いられているが、韓国ではその二つは区別されねばならない。すなわち「怨」とは他人に対して抱く感情で、外部の何ものかについて抱く感情である。ところが「恨」はそうではない。それはむしろ自分の内部に沈殿していく情のかたまりだという。「怨み」は熱っぽく、復讐によって晴れる。だが「恨み」は冷たく、解くことができない。「怨み」は憤怒であり、「恨み」は悲しみだ。「怨み」は火花のように燃えるが、「恨み」は雪のように積もるだけである。

なるほど、そうかとも思う。もしもそうであるなら、韓国の元慰安婦の方々の場合、その「恨」の情は内部に沈殿し続けて、いつまでたっても晴れることがない。その悲しみは雪のように冷たくふり積もっていくだけだ、ということになるのだろう。

もう十数年前のことになるが、私はその李御寧さんと話し合うため、ソウル市内の大学で開催された公開対話に臨んだことがあった。二月下旬の厳寒の季節で、外気は零下一〇度まで冷えこんでいた。百人ほどが入る階段教室で、打ち解けた雰囲気ではじまったが、「恨の文化」に話が及ぶと、やりとりがだんだん険しくなっていった。私が、中国には、春秋時代に伍子胥（ごししょ）（前五世紀）という政治家がいて、「屍体に鞭打って」生前の恨みを晴らしたという話を例に出して、韓国の「恨の文化」もそれに似ているのではないかと言ったのである。つまり死者をかならずしも許さない文明の影響をそこには認めることができるが、それに対して仏教においては死者を許す思想が根づいている。とりわけ日本の仏教では死ねば人はみんな仏（ほとけ）になる、と考えられてきたので、その点でも日韓両国のあいだには心情の上で大きな落差があるのではないか、と。

そのとき、会場の片隅から一人の女性の手が挙がった。まだ若い人で、ある大学の講師をしているとと名乗ってから、つぎのように発言したのである。

たしかに韓国人の心の奥底にひそむ「恨」の情は根づよいものだ。けれども、それを言うなら、日本の夢幻能の舞台で表現されている恨みの感情もそれに近いものではないか。その祟り（たた）に対する日本人の恐れの感情をみればわかるのだが、それだけにその恨みの気持ちを晴らすのは容易なことではないように思う、と。

指摘されてみて、なるほどと思わないわけにはいかなかった。『源氏物語』では光源氏の正妻・葵の上が、かつての光源氏の恋人だった六条御息所の生き霊に祟られてとり殺される場面が出てくる。その話がやがて能の「葵上」にとり入れられ、人気のレパートリーになっていく。

お能の舞台では、生霊や死霊に祟られた人間が出てくると、この目にみえないものの怪を駆除するために加持祈祷僧や山伏が登場してきて、密教の呪文を唱える。それで普通の状態に戻ることができたり、死んでから成仏することができる場合もあるが、しかしいつその祟りがまたぶり返さないとも限らない。加持祈祷の効果がいつも効くとはかぎらないからだ。

もしもそのように考えるなら、中国や韓国における罪や悪を許さない文明（儒教）、それに対して日本の場合のようにそれを許す文明（仏教）といったように、単純に区分することなどできないことになるだろう。

かつてのわが国の社会では、このようなものの怪の祟りを加持祈祷やお祓いの儀式で除く文化装置が有効にはたらいていた。しかしその伝統がこんにちしだいに失われてしまって、不寛容な社会現象が目立つようにもなっている。恨みや怨みをむき出しにするヘイトスピーチなどの現象が起こるようになっているのもそのためかもしれない。

「象徴翁」の誕生

二〇一九年五月一日、天皇の譲位をうけて年号が改まった。「平成」から「令和」へと……。一時的にお祭り騒ぎの季節を迎えたが、それもまもなく過ぎ去り、こんどは既定方針通りに「令和」が日常の表情をとりもどしていく。

今回の元号「令和」は、一九七五年に制定された「元号法」にもとづくという。それ以前は、天皇が公布する性格のものだった。しかも今回のような「一世一元制」になったのはつい最近の「明治」からの話で、きわめて新しい。

しかも古代では、天皇による公式のものの外に、祥瑞（しょうずい）が生じたとき、あるいは中世期にしばしばおこなわれていたように、災害や飢饉などが発生したときには、臨時の私的な改元がしばしばおこなわれていたのである。そんな古い「伝統」を眺めていると、天皇の代替りによって一代かぎりの改元をするというのが、いかに大きな「変革」であったかがよくわかる。

いま、中世の戦乱期には、民間ではしばしば私的な元号が用いられたことを言ったが、たとえばこんな例がある。当時の板碑とか過去帳、年代記や仏像銘など、また巡礼札などにも顔を出すのであるが、延徳（一四六二年頃）、福徳（一四九一年頃）、弥勒（一五〇七年頃）などの「私年号」である。この最後の「弥勒」の名称からもうかがえるように、救済仏・「弥勒菩薩」の霊験をたのんで世の中の窮迫や災害の不安から救われたいとの民衆の宗教願望を、それはあらわしていた。以前、民俗学者の宮田登氏が力説していたが、そんな議論が今回どこからもきこえてはこなかった。

それからもう一つ、今回の改元にともなって私の気がかりだったのが、退位されたさきの天皇を何とお呼びするかという問題だった。ところが、これもすでに法律ができていて、「上皇」とお呼びすることが決まっていたようだ。しかし私の常識的な感覚では、この名称がどうもしっくりこない。すんなり腑に落ちるところまではいかなかった。

この国にはたしかに、天皇の座を降りたのち「上皇」や「法皇」の地位についた天皇がおいでになった。この場合、「法皇」とは出家した「上皇」を指すが、中世の院政期には後白河上（法）皇とか後鳥羽上（法）皇の存在が知られる。いずれも院政期の絶大な権力者で多面的な才幹を発揮した天皇である。そのイメージがあまりに強烈であるため、こんにちの我々の時代感覚にとって「上皇」とか「法皇」の名はかならずしもそぐわないのだ。

それに比べて、戦後憲法のもとに即位された上皇陛下は、退位の意思を表明されたときのヴィデオ・メッセージのなかで、生涯、憲法の精神にのっとり「象徴」天皇であることに全身全霊をつくしてきたと言っておられる。そのお気持ちを推測するとき、私の念頭にまっ先に甦ったのが、「象徴の翁、象徴翁」の名乗りだった。文字通り戦後初の「象徴天皇」として生きられた方が、その天皇の座をお降りになったあと、こんどは「象徴」そのものの座にお移りになるのはまことに自然なことではないだろうか。それこそが、まさに譲位後の新しい「座」の名にふさわしい。さらにこの場合「翁」とは、わが国では古来、記紀神話に語られているように「神」の座と同等視されて用いられてきた由緒ある尊称であり愛称でもあった。それがこの国で「老人」尊重の文化を生みだす源流の物語でもあったことを思いおこそう。のちの能楽の舞台では、あの柔和で、優しい翁が、気品のある臈長(ろうた)けた老人の舞を舞う。だからここでは、その洗練された美しい姿を「象徴の翁」の名称のなかに求めたいのである。

　もう一つ、最後に言っておきたいことがある。それは、こんどの「改元」によって、われわれの「近代」一五〇年の歴史の流れが、「明治」「大正」「昭和」「平成」「令和」の時代に輪切りにされ、分断されてしまったということだ。このヨコ割りの時代区分によって、我々の「近代」一五〇年が、じつは前半の大戦続きの動乱期と、後半の平和安定期という、二つの大きな時代表現の軸が見えにくくなり、見喪われてしまう状況になっていると言ってもいい。言ってみれば「元号」を中心にした五つの時代区分にたいして「戦争」―「平和」を軸にする二つの時代区分が存在していたという構図である。そしてこの構図は、わが国千年の歴史に照らしてみるとき、面白いコントラストをみせていたのである。

じつはこの国には、長期にわたる平和が続いた二つの時代があった。一つは平安時代の三五〇年、二つ目が江戸時代の二五〇年である。そしてその二つの時代にはさまれたのが、鎌倉・南北朝・戦国時代の約四〇〇年、戦乱の時代だった。「平和」―「戦争」―「平和」の大きなうねりのなかで歴史が動いていたことがわかるだろう。その時代の戦争―平和という太い流れは、「平安」―「鎌倉」―「室町」―「江戸」―「明治」……といったヨコ割り・時代区分の構図を採用した場合はなかなか見えてこないのではないか。気になって仕方がない点である。

罪か赦しか

平成三十（二〇一八）年七月六日
オウム真理教の教祖、麻原彰晃をはじめとする死刑囚七名の処刑
同七月二十六日
同右六名の処刑

当時の上川陽子法相は、執行後の臨時記者会見で、「命を奪われた被害者、ご遺族らの恐怖、

苦しみは想像を絶する。裁判所における十分な審理を経て、最終的に死刑が確定した」と発表し、なお記者会見の席上で、「死刑廃止は現状では適当ではない」と語っている。

一回目の執行七月六日、二回目が同二十六日、その間、わずか二十日間であった。

この報道をきいたとき、私はすぐ一世紀前のことを思い出した。そしてそのことは、あのオウム真理教による地下鉄テロ事件が発生したとき（一九九五年）以来、ずっと考え続けていたことでもあった。

今からおよそ百年前のことだ。

菊池寛の二つの小説がほとんど間をおかずに発表されていた。菊池寛は文藝春秋社の創設者であり、こんにち誰知らぬ者もいない芥川賞をつくった人物、そして当の芥川龍之介と並ぶ新進の小説家として世に出た作家だった。

二つの小説とは、何を指すのか。「恩讐の彼方に」と「ある抗議書」である。ともに大正八（一九一九）年、『中央公論』誌に発表されている。前者は正月号、後者は三カ月後の四月号だった。

正月号の「恩讐の彼方に」は江戸時代、徳川吉宗の頃の話である。

旗本の主人を殺した市九郎が逃亡し、やがて僧侶の導きで仏門に帰依する。諸国放浪のはてに、九州の耶馬溪（やばけい）で人を寄せつけない大岩壁に直面する。懺悔の気持ちからか、それをくり抜いて道を通そうとの悲願を立てる。

それから二十余年の年月が経つ。殺された旗本の息子が、仇討の名乗りをあげてあらわれる。

運命の対決となったが、やがて洞窟最後の壁が打ち砕かれて光が射しこむ。そのとき、息子の心から一切の怨みが解き放たれていく。―この小説の幕切れである。

そのときからわずか三カ月後になって、同じ「中央公論」誌に発表されたのが「ある抗議書」という作品だった。それはどのような物語だったのか。―これは大正三(一九一四)年におこった実際の殺人事件を題材にしたものだった。

年輩の夫婦を殺した極悪犯に、死刑の判決が下る。だが、獄中の犯人は教戒師の言葉で改心してキリスト教に入信、感謝のうちに処刑された。ところが、その犯人の最後の姿を伝えきいた被害者の遺族が、悲痛な抗議の声をあげる。

殺された人間が地獄におちる苦しみのなかで死んでいったのに、なぜ殺した者は天国にのぼる心境を手にしてこの世を去ることができたのか。

何という無残な不公平―。遺族の立場にたてば、あまりにも当然な嘆きのうめき声ではないか。その遺族の気持ちを大審院長（現在の最高裁長官）にぶつける抗議書の形で、この小説は書かれていたのである。

菊池寛がこの二つの作品を書いて発表したのが、先にも記したように大正八年、いまから百年ほど前のことだ。人殺しという凶悪犯罪をテーマに、まったく逆の方向から光をあてようとしていることがわかる。それを発表した時期が接近しているところからいっても、作者、菊池寛がほとんど同時に発想し、そしておそらく一気に書きあげたであろうことが推測される。

あらためて菊池寛という作家の懐の深さというか、その複眼的な思考に驚かないわけにはいかないのである。その冷静な洞察力にも舌を巻く。

ところがわが国ではいま、国民の参加による裁判員制度が施行され、すこしずつ社会に浸透しつつあるようにみえる。そしてそのためであろう。賛否を含めて各方面の議論を呼びはじめてもいる。凶悪犯罪に対して厳罰主義、極刑主義でのぞむのか、それとも否か、困難な課題が我々の眼前に立ちはだかるようになった。

こんどのオウム真理教の死刑囚に対する集団処刑の問題についても単なる厳罰主義をとるのか、それとも死刑廃止の立場で考え直していくべきなのか、ということが浮上している。

海外でも死刑を見直す国が増えている。死刑制度を残しているのは日本と米国と韓国を中心に、アジア、中東の国々に多いともいう。米国でも半数近い州が死刑を廃したり、執行をやめたりしているのである。

この問題をつきつめていくと、罪か赦しか、という難問にぶつかるだろう。かつて我々の社会には「罪を憎んで、人を憎まず」という倫理が生きていたが、こんにち我々の意識のなかに、それが希薄になっているような気もする。さきの菊池寛の小説にふれていえば、「恩讐の彼方に」を忘れ、「抗議」の声がつよく執拗に主張されているようになっている。「昭和」から「平成」への時代転換のなかで、そのような心の変容がおこっているようにも思われるのである。

第三章　目には花

視力の衰えとともに

私の京都暮らしも三十一年目に入った。いまは洛中の片隅に住んでいるので、よく路地小路を歩く。三年ほど前だったが、ある夕方、西日に向かって歩いていると、一瞬、太陽が爆発したように砕け散って、視野を失った。

かなり以前から視力が衰えてもきていたので、ついにきたかと思った。子どもの頃から強い近視で、眼鏡をとっかえひっかえして今日まで生きてきた。歳を取れば眼も見えなくなる、耳も聞こえなくなるだろう、そう思ってやり過ごしてきたのである。

それがそのときばかりは違っていた。家に帰ってから、まなこを開いたり閉じたりしてみて驚いた。左目の方は何ともなかったが、右目の視野に異常があらわれていたからだ。真ん中のあたりに黒い帯状の斜線が入っているのがわかった。慌てて病院に駆け込むと緑内障と診断され、放置すれば失明に至るだろうと脅かされた。

初めのうちは大病院の眼科にかかったが、担当医がコンピューターの画面ばかり見ていてこちらの顔を見ようともしないので、そもそも会話が成り立たない。それでそこはさっさと諦めて、近くの歩いて行けるクリニックにくら替えすることにした。

緑内障といわれても、それがどんな眼の病気なのか、いくら説明を聞いてもわからない。もともとそういう方面には疎いタチなので、自分から医学書を調べてみようとする気がまず起こらない。それで担当医の言う通り毎日三回、二種類の目薬を緑内障にかかった右目に入れることになった。

もともと視力が衰えていたこともあって、日常の生活ではだんだん不便を感ずることが多くなった。本屋に行って書棚に近づいても、立ち並ぶ本の背表紙の文字がよく見えない。顔をすれすれまで近づけて、ようやく確かめることができる。駅に行っても、券売機の上方に掲げられている料金表をみると、細かい数字がほとんど見えない。いきおい駅の人に聞くことになる。

文庫本はもちろん、旧来型の小さな活字の単行本であれ雑誌であれ手にしなくなった。それでもどうしても読まなければならないときは、手相見がもっている天眼鏡の助けを借りる。小さな両脚の付いた拡大鏡、レンズを引き出すと光がポッとともる小型ルーペなどのお世話にもなる。

わずらわしいことおびただしいのだが、それでも家にいるときは、たいてい午前中は三紙ぐらいの新聞に目を通して過ごしている。幸い、この頃の新聞は活字が大きいから天眼鏡を使わずに済むが、一時間もたたないうちにもう眠気が差している。すると不思議なもので、しばらくして電話が鳴る。玄関でチャイムの音がする。それで両眼が仕方なく開くが、その後は紙面の記事から離れて、ほとんど妄想の世界に遊んでいる。

そのときが、私にとっては一日のうちでいちばん安楽な時間なのである。

勝持寺の西行桜

京都にやってきて最初に住み着いたのが洛西ニュータウンだった。集合住宅の一角を借りていたが、散歩に出るとどこを歩いても、豊かな緑と竹林に囲まれていることに気づいた。

現在は洛中の四条烏丸の辺りに居を移しているが、時にその洛西の地を訪れると、風景は昔とほとんど変わっていない。高齢者の姿が目立つようにはなったが、静かな落ち着いたたたずまいはそのままだ。

その地に住んでいた頃、よくわが家からニュータウンの街区を抜け出て、あちこち歩いて行った。晴れた日など気持ちが弾み、小一時間ほど山里の奥まで足を延ばすと、森に包まれて姿を見せる、小さな寺にたどり着くことがあった。

世捨て人の庵といってもいい造りだったが、それが西行出家の寺と伝える勝持寺(しょうじじ)だった。境内に小ぶりの可憐な枝垂桜が植えられ、桜好きの西行をしのんで誰言うとなく花の寺と呼ばれてきた。

そういえばお能には「西行桜」という曲がある。

――花の季節ともなると、見物人が大勢連れ立ってやって来る。美しい桜のもとに群れて、まことに騒々しい空気を広げていく。そのありさまをみて、ワキの西行がこんな歌を詠む。

花見んと　群れつつ人の
来るのみぞ　あたら桜の
とがにはありける

京の都から、桜見物に次から次へと人がやって来る。落ち着いて眺めているいとまもないありさまだ。それもこれも桜の咎(とが)ではないか――

思わず口をついて出てしまった西行の愚痴である。それでいたし方なく、人々の中に紛れてうたた寝をしていると、夢枕にシテの桜の精が翁(おきな)の姿で立ち、次のように言う。

「いや、そもそも非情で無心の桜に咎などあるはずがない。それよりもそれを眺める人々の心の中にこそ、咎は潜んでいるのではありませんか」

ふて寝をしている西行を諭しているような、皮肉を言っているような場面である。おそらくそのためであろう、この作品では愚痴を言う西行がワキを務め、西行をたしなめる桜の精の方がシテを演じている。

だからこの曲は、話の筋立てからすると西行と桜の精とのユーモラスな掛け合いで成り立っているわけであるが、その曲名を「西行桜」と一気に読み下すと、何やら香気の匂い立つような桜の花が浮かび上がってくる。

若い頃の私は、万朶（ばんだ）の桜の下で酒を飲み、歌って騒ぐのが嫌いではなかった。やがて中年にさしかかると、桜は咲き乱れる姿もよし、散り際の風情も捨てがたい、と思うようになっていた。

さてこの頃はどうだろうかというと、あの華やかに開く花の光が時に眼に突き刺さるようになっていた。緑内障が進んできたためかとも思うが、そんなときに西行の歌の、あの一節が、ふと甦る。

「……あたら桜のとがにはありける」

草の化けた花

京都の知人の家を訪ねたときのことだ。もう二十年ほど前のことになる。自慢の庭を見てくれと誘われて、縁先からとっくり眺めさせてもらった。なるほど、いつまで見ていても飽きない、静かな美しい庭だった。

突然、彼がぽつりと言った。

「この庭に、花は咲かない。見つければ摘み取る」

あらためて見渡すと、あかあかと陽が射すところも、木陰をつくっているところも、一面の緑なす起伏に覆われていた。

禅などでは、よく柳緑花紅(りゅうりょくかこう)などというけれども、そんなことは知らぬ、といっているような表情が知人の顔に浮かんでいた。

ある茶の湯の席に招かれたときも、そんなことがあった。うっそうと茂る庭の小道を歩きながら、

「この庭に、花は咲きません」

庭に花は余計なもの、といった家訓のようなものがあったのだろうか。

なるほど森の魅力は、遠くから眺めようと近くに寄ってみようと、緑に映える豊かな草木の姿にこそある。世阿弥も「秘すれば花」と言っている。花は、眼に見えないところにこそそっと開く、と。

そういえば花という文字をうかがうと、草（草冠）の化けたもの、と書いてある。文字の形状そのものが変化の仇花(あだばな)である、といっている。心をいたずらに騒がせるだけの厄介もの、というのであろう。

夏目漱石の小説のタイトルにも、その草を取り込んだ言葉が印象的に使われていることに気づく。例えば、

『草枕』

『道草』

と挙げてみるだけでいい。

『草枕』は言わば漱石の本格デビュー作。都会の生活に飽いた画家が九州の果てまで旅を重ねて、女の顔に非人情の輝きを見つけ、「それだ」と叫ぶ。

『道草』は最晩年に書かれた漱石の、いわば日記のような私小説。自分たちの日常には華やかなものなど何ひとつない。路傍に咲き続ける雑草のように、世の中に片付くものは何もない……。

漱石も、花はしょせん草の化けた仮のもの、と考えていたのかもしれない。

佐渡の落日

父親の最期を、そばで看取っているときだった。

病院の一室でベッドに横たわっていたが、眼を閉じたまま息を引き取るのを待つだけ、という気持ちになっていた。だがあるとき、その顔の表情に、異変が生じていることに私は気づいた。

午後の日差しが少しずつ薄らいでいく頃だったと思う。父親の衰弱している顔の上に、ときおり落ち着かない視線を泳がせていると、それまで閉じたままだった両眼が、うっすらと細く開いたのである。

しばらくうかがっていると、今度は真ん中の小さな黒目が、突然裏返るように、ぐるっと動いた。

半眼、といえばいえる両眼の表情が、まるで生きもののように蘇って、こちらを見ている、思わずそう思ったのだ。

不気味な表情だった。何かの大きな力に引き寄せられるように、生々しい意識を取り戻しているようだった。

けれども、その緊張は長くは続かない。両の眼は再び弛緩して、もとの静かな閉眼の姿へと戻っていった。

半眼から閉眼への最終の旅立ち、といえばいえるような一瞬の光景だった。

半眼の問題は前にもふれたことだが、そもそもこの半眼の表情には、なおもこの世に踏みとどまろうとする意識と、そのままあの世に旅立とうとする、もうひとつの引き潮のような力がせめぎ合っているようだった。そんな逆方向にはたらく命のドラマがひそかに進行しているのではないか、と私は疑った。

死のかなたに至る六道輪廻（ろくどうりんね）の旅がはじまっているのかもしれない。その旅は半眼のプロセスを終え、閉眼の状態になってもまだ続けられていくのだろうが、そしてそれははたして成仏の道にたどり着くことができるのだろうか。

父親の葬儀が終わり、四十九日法要が済んだ後、私はふと佐渡への旅を思い立った。日蓮や世阿弥が流された島である。対岸に見えるはずの越後の地には親鸞が流罪の身を寄せている。

佐渡に着いてから、日中は観光して回り、夕刻近くになって西海岸の岸壁の上に立った。シーズンオフで人影が少なく、ありがたいことに広い空はきれいに晴れ上がっていた。風が吹かず、海も凪いでいる。

その時刻が近づき、太陽がその大きな真ん丸い体を、ゆっくりと水平線のかなたに沈めていく。まばゆい輝きが空を染め、光の束が足下の岸辺まで銀の橋をつくっていた。

その光景に包まれたとき、最後のベッドで見せた父親の半眼の姿が、いつの間にか閉眼の魂になって浄土に旅立っていくような錯覚に襲われたのである。

「美しい目」から「可愛い目」へ

時々、ＮＨＫの朝の連続テレビ小説を観る。

しばらく前の「あさが来た」もそうだったが、その後の「とと姉ちゃん」も、朝食をとりながら、いつの間にか観ていた。その頃から何となく朝の連続テレビ小説のファンになっている。面白いから観ているのであるが、いつ頃からか、登場するヒロインたちの顔が大きくクローズアップされるような時、その両眼がまん丸く見開かれ、それがどんどん大きくなっていることに気がついた。

そのまん丸い目の勢いが、脇を固める役者さんたちの表情にもどんどん広がっていく気配である。もともと大きな瞳をしているのかもしれないけれども、ことさらにそれを強調しているらしいのが、嫌でも目につく。

それが、私の意識のどこかに、しこりのような違和感となって残るようになった。日本の伝統的な女性美の姿は、そのようなものではなかったのではないかと思うようになったからだった。

奈良天平時代の「樹下美人図(じゅかびじんず)」(「鳥毛立女屏風図(とりげりゅうじょのびょうぶず)」)を想い起してみよう。ふくよかな、丸顔の表情に描かれてはいるけれども、両眼は細く、うっすらと点じられているではないか。

それだけではない。平安時代の「源氏物語絵巻」に登場する姫君や公達(きんだち)たちの表情にしても、その両眼は横一線にすっと引かれているにすぎない。いわゆる「引目鉤鼻(ひきめかぎばな)」の手法である。

江戸時代になるとどうか。これはもう浮世絵を見れば一目瞭然であるが、そこにあらわれる遊女たちの両眼は紛れもなく「樹下美人図」や「源氏物語絵巻」の伝統を、これ以上ない忠実さで受け継いでいる。

この国の千年の歴史を振り返れば、薄目、細目のまなざしが美人の姿を写し出す不可欠の要因だったことがただちにわかるのである。

おそらく変化は、明治の近代になって起こったのだろう。ギリシャ彫刻風の大きな目玉をした西欧型の顔がどっと流入してきた影響なのかもしれない。

そういえば仏像を見ていても、インド系の仏像の両眼はゼウスやアポロンのそれに似て大きく描かれている。けれども日本産の阿弥陀如来や釈迦如来のほとんどは、むしろ細い半眼になっている場合が多い。

そもそも「美しい」という美意識の標準が異なってきたのである。そう思っていたら、先頃同じＮＨＫの人気番組「ガッテン！」を見ていて驚いた。この頃の女性たちの間では、目をぱっちり開ける手術や化粧が大はやりなのだという。

たるんだ目蓋（まぶた）を吊り上げて目をぱっちりさせると、肩こりや頭痛、腰痛までが軽快する、さらに美容上も絶大な効果があって「可愛い」顔になるのだと言っていた。

そういえば最近の「クール・ジャパン（いかすニッポン）」の論議のなかで、「カワイイ」という言葉が人気の上位を占めていることを知らされた。

「美しい」から「可愛い」へ、我々の美意識が大きく変化しているのかもしれない。

一目妖怪

東京駅の丸の内側を出る。皇居に向かって歩いていくと、右側に平将門の霊を祀る首塚（将門塚）があらわれる。

よほど注意しないと、通り過ぎてしまう。近づくと、きれいに掃き清められている。香華（こうげ）が手向けられている。

日夜、人知れずお守りしているのだろう。その心ばえが伝わってくる。

平将門は、平安の中期に関東で勢力を伸ばした武将だ。京都の王朝政権に背を向け、承平・天慶の乱を引き起こしたことで知られる。朝廷はただちに征討軍を送って鎮圧し、下総（しもうさ）の地で将門を殺した。

その後、この武将の怨霊は恐れられ、明神として祀られるようになった。今、お茶の水の外神田に祀られている神田明神もその一つだ。

だから皇居前にひっそりたたずむ首塚も、そのように民間に広がった将門信仰の余波の一つだったのかもしれない。

やがて私は東京を離れ、京都に移った。下京区の西洞院通近くに住んでからでも、すでに十五年を越えた。しばらくしてその東側の小路を歩いていて、そこに神田明神という小さな祠（ほこら）があることに気がついた。

日頃散歩するコースにあてていたのだが、そこにも将門の霊が祀られていたのである。そんなこともあるのかと不思議な気持ちになったが、たまたま比叡山に登ったときだった。再び、平将門の怨霊の執念深さを誇示するかのような遺跡に出合い、胆を冷やすことになった。

ケーブルで比叡山の山頂に登ると、そこに観光用の娯楽施設が造られている。「ガーデンミュージアム比叡」という看板が掛かっている。そこを出て少し歩くと、空き地の一角に不気味な巨岩が二つ、地に這いつくばるように据えられている場所があった。

その一つの巨岩に「将門岩」という名が付けられ、もう一つの巨岩には「純友岩」とあった。これは藤原純友のことで、先の将門が関東で反乱の旗を掲げたとき、それと呼応し西国で挙兵した武将である。

その首謀者二人の怨霊が比叡山の山頂で出会い、眼下の王朝政権を転覆させようと謀議を凝らしていたというわけである。

そんな伝承が広がっていくなかで、今度は切り落とされた将門の首が宙に舞い上がる。京都に飛来して、その怨念を晴らすという噂が尾ひれを付けて語られるようになっていった。

それだけではなかった。その物語は絵巻物に描かれ、そこに両眼をらんらんと輝かせる将門の生首が登場する。そのなかに、両眼が中央に寄っていて一つに重なり、その真ん中に二つの瞳を点ずるというものまであらわれる。

将門の怒りが極点に達し、二つの眼が一つに合して瞳が二つ、という異形の将門像が生み出されるに至ったのである。これもまた、わが国における「一目妖怪」伝承の一つ、といっていいのではないだろうか。

ガンジス川で散骨

死んだあと葬式はしない、墓は造らない、遺骨は自然に返す——そう思っている。いわゆる「散骨」である。「自然葬」という人もいる。

家族や友人たちにすれば、はた迷惑な話ということになるかもしれないが、この頃は私がそう言うと、みんなあきらめ顔になっている。

もう三十年も前になるが、米国のライシャワー元駐日大使が亡くなってその遺灰が遺言通り太平洋に撒(ま)かれた、というニュースが伝わった。その頃から自然葬とか散骨ということが言われるようになった。

ライシャワーさんが太平洋なら、私はさしずめインドのベナレスでガンジス川に、自分の遺灰の一部でもいいから撒いてもらおうか、と思うようになった。

そんなことがあって間もなく、友人たちの間からインドを訪れようという話が持ち上がった。目指す所は、ヒンズー教の聖地ベナレス。ヒンズー教徒であれば、誰でも一生に一度はお詣りしようと思っている、いわばインドのエルサレムである。

　とはいっても、インドのベナレスがカトリックの聖地エルサレムと全く異なる顔を持っていることは言うまでもない。なぜならベナレスのガンジス川の西岸では、毎日のように死者の遺体が焼かれているからだ。

　その幾つも設けられている焼却場には、薪と遺体が積まれ、わずかな家族に見守られて焼かれて、後は目の前を流れるガンジス川に流される。すると、ガンジスの聖水の浄化力によって死者の魂が昇天する——そう信じきっているから、ヒンズー教徒は死者のために墓を造らない。

　思い返してみると、日本の万葉時代の古代人も同じような信仰のなかで生きていたことに気づく。死者の魂の行方だけに関心が向けられ、あとに残された遺体は単なる魂の抜け殻としか考えられていなかったからだ。

　しばらくして我々は総勢三十名ほど、成田からベナレスへと旅立つことになった。そのなかで二人の方が、ゆかりのある故人の遺灰の一部を携えていた。

　その日、まだ暗いうちにホテルを出た我々は、川岸に出かけた。人々が集まりはじめ、あちこちから祈りの声が聞こえていた。

　やや上流の川岸から、観光用の二隻の小舟に分乗して流れを下っていく。対岸の上に広がる東の空が明るんできた。日の出の時刻が近づいていた。岸辺のあちこちではもうガンジスの流れに身を浸してお祈りを捧げている人々がいる。

東の空にくっきりした紅点(こうてん)が浮かび上がった。二人の方が祈りを捧げてから、手に持つ遺灰を静かに川面に撒いていく。白砂のように乾いた微粒子が、幾つもの細い筋を作って流れに浮かび、ゆっくり漂い、波のかなたにのみ込まれていった。

マザー・テレサとの出会い

一九八〇年の暮れに、私は久しぶりにインドを訪れた。五年ぶりだったが、初めに入ったのがカルカッタ市（現・コルカタ市）だった。

その日の午後、私は市の東部に位置するサーキュラー・ロードに出かけた。タクシーで十分足らずの所で、その地にマザー・テレサの教育施設と事務所があると聞いていた。

案内を乞うと、無愛想な修道女が出てきて、今ちょうどマザーはここに滞在している、五分ほどでいいなら面会できるだろう、と手続きをとってくれた。

マザーはその時、七十一歳になっていた。ユーゴスラビア（当時）で、薬屋と農業を営むアルバニア人の両親のもとに生まれた。十二歳の時、神のために一生を捧げようと思い、ロレット修道院に入ってインドに渡った。時に十八歳。以後二十年近くカルカッタの聖マリア学院で教師を務め、やがて校長になる。

一九四六年のある日、転機が訪れた。ダージリンに向かう車中で神の啓示を聞く。すべてを捧げてスラム街のために奉仕せよ、と。三十八歳の時だった。

先の修道女の案内で、事務所の一室で待っていると、やがてマザーが素早い身のこなしであらわれた。顔には深いシワが何本も走っていたが、表情には静かな優しさが漂っている。小さな体であるのに、足腰が意外にがっしりしているのが印象的だった。

マザーは死を待つばかりの瀕死(ひんし)の重病人たちのため、文字通り粉骨砕身していた。私はお目にかかるなり、死にゆく者の看取りという困難な問題に触れて、マザーの体験がどのようなものか聞いていた。

彼女は五分間だけ時間をあげましょう、と言ってほほ笑み、次のように言葉を継いだ。

「毎日の私の仕事は、祈りの上に成り立っている。祈りは早朝にはじめられるが、仕事が終わった後も夜からはじめ、そのまま夜更けに及ぶことがある。心の平安が得られないときは、それが得られるまで祈り続ける。祈りを抜きにして、私の仕事は存在しない」

そういう話だったと思う。約束の五分が終わり、マザーは再び軽快なフットワークで部屋を出て行かれた。

微醺（びくん）のバラ

3・11の大災害が東北地方を襲った直後のことだったと思う。歌手の加藤登紀子さんから、例年おこなっている「ほろ酔いコンサート」のトークコーナーに出演してくれないかと誘われた。加藤さんは被災地支援のためにも一肌脱いでいた。

「ほろ酔いコンサート」の噂は私も知っていたし、以前お目にかかったこともありお引き受けすることにした。つめかける観客に升酒を振る舞い、出演者も一緒に飲んで舞台に立つという趣向で、加藤登紀子ショウの目玉の一つになっていた。

私なども講演などで舞台に出るとき、気分が沈んでいたり声が嗄れたりしていると、一杯ひっかけて出陣、ということがあったが、それにしても「ほろ酔いコンサート」とは何とも粋な発想ではないかと思ったのである。

師走も押し迫った寒い晩だった。会場には京都祇園の奥まったところにある歌舞練場が選ばれていた。日が暮れてからエントランスの広い空間には升酒片手に人々が集まりはじめ、三々五々語り合う輪が広がり熱気が立ち込めていく。見ていると振る舞い酒はどうやら一杯限定のようだった。隠れて二杯三杯とやっている抜け目のないのがいたかもしれないが、そこはやはり「ほろ酔い」気分が優先されていたように思う。

幕が開くと加藤さんはマイクの前で両手を大きく広げ、お得意の歌を次から次へと披露していった。かと思うと舞台狭しと走り回り、その伸びのある歌声が天井を圧して響き渡る。
ひとしきりその立ち上る熱気に包まれたあと、私も舞台に引き出されるハメになった。華麗な歌謡の時間からトークへの急激な転換に少々戸惑ったが、「ほろ酔い」気分がそれを何とか乗り越えさせてくれた。なるほど、演出の手がそこまで及んでいたのかと感心したのである。

実はそのしばらく前、あるラジオ番組で加藤さんとご一緒させていただいたことがあった。そこでわが身の死を迎えて、どんなことをしてほしいかといった話題が出て、要は、今生の別れにどんな音楽が聴きたいかという話になった。

童謡や子守唄、演歌やクラシックなど、あれやこれやと話題に上がったが、その最後に、私は臨終の時は加藤さんの歌をじかに聞いて逝きたいね、と言っていた。すると加藤さんは上機嫌で「いいですよ」と応じてくれた。いや、「ほろ酔い」機嫌だったのかもしれない。

――そんな記憶が蘇っていたのである。

しばらく経って、舞台は再び加藤さんの「ワンマンショウ」に移っていた。小柄な体に湧き上がるようなエネルギーが満ちて、歌声が空を飛んでいく。加藤登紀子といえば「赤い風船」や「知床旅情」が思い浮かぶが、その夜の圧巻はやはり「百万本のバラ」だった。

バラよ、バラよ、バラよ、真っ赤な真っ赤なバラの海……。

その何度も何度も繰り返されるバラよ、バラよ、バラよの万華鏡に、すっかり酔わされてしまったのである。

主役を花に

花が壇上に彩りを添えるということがある。講演会のようなとき、演劇の公演や何かの展示会のようなとき……。結婚式や葬式の時も、種類はそれぞれに異なるが、その場にふさわしい花が飾られ、供えられてきた。とりわけ、正月にはそれが欠かせない。

要するに美しい飾り付けの一部、その場や席に華やかさやしめやかさをもたらすための道具立て、つまりワキ役を演じさせられているケースが多い。

花は桜木、人は武士、とはいうものの、いざ花と人ということになれば、いつの間にか花はワキ役、人はシテというしつらえになっている。だから人の方が威張ってしまう形になる。花見や紅葉狩りなども、見る人と見られる花という主客の関係になっていて、手出しをしたり、騒いだりするのはいつも人の方だ。

もっとも私など人前で話をするようなとき、そばに立派な花が置かれていると、つい自分の方が見劣りがしてきて意気消沈する。

過日、ある大きな会で次期お家元の池坊専好さんにお目にかかった。丸テーブルに五、六人が座る席で、芸妓さんたちの舞があり、主催者のあいさつが終わった後は気の置けない懇談という流れになった。

広い正面壇上の隅には品のいい立派な花が生けられていたが、それは専好さんの手になる作品だった。それまでも国際学会の会場などで専好さんの力作を拝見したことがあり、そんなこともあって日頃考えていたことを、ちょうどお隣に座っておいでの次期お家元の耳元に向かってささやいていた。

「いけばなはいつも、宴会や会議を盛り上げるために会場の隅の方に飾られていますよね。でも時にはこの大会場のような広い空間のど真ん中に大きく高くつくり、四方八方から眺められるような趣向をお考えになってもいいのではないでしょうか」と。

以前、沖縄の名護市に行ったとき、街区の広い十字路の中央に、南国の大樹が重畳(ちょうじょう)たる常緑の葉を空いっぱいに茂らせていた光景を懐かしく思い出していたのである。

タテ・ヨコ・タテの道徳観

もう十数年ほど前になるが、先代の市川団十郎さんと対談する機会があった。ちょうどパリのオペラ座で「勧進帳」を公演し、帰国された直後のことだった。

二つ、問題があったという。

一つ目は、花道（はなみち）をどうするかということだった。急ごしらえの舞台に花道を造ることは無理だったので、弁慶が六方を踏む最後の見せ場は、舞台の上手から下手に向かって退場していく演出が採用されることになった。にわか仕立ての花道だった。

二つ目は、言葉の問題だった。フランス語で説明したり翻訳したりする工夫であるが、団十郎さんご自身、フランス語による長科白の口上に挑戦し、これが大きな拍手喝采を呼んだ。私もお会いしたとき直接聞くチャンスに恵まれたが、歌舞伎の語りのリズムは、英語よりもフランス語でやる場合の方にはるかに近い、という印象を持ったのである。

ただ団十郎さんの心配は、「勧進帳」というドラマに流れている主題が、はたしてフランスの観客に理解してもらえるだろうかということだった。この芝居の見どころは、義経・弁慶の主従の固い結びつきが関守の富樫の心を動かし、彼らの逃避行を見逃す、というところにある。窮地に追い込まれた主従に注がれる武士の情け、という世界である。その場面がどのように受け取られるのか、それが心配だったという。

主従ということで思い出すのが、

親子は一世
夫婦は二世
主従は三世

という言葉だ。親子の関係はせいぜい一世代限り、それに対して夫婦の絆は二世代続く。しかし主従の間ともなれば、それは三世代あるいは末代まで続く……。

事実、江戸時代には主従の絆を貫くためには親子や夫婦の縁を断ち切る場合があった。こんにちの感覚では封建モラルの非情さを強調することにもなりかねないが、歌舞伎や浄瑠璃の世界ではまさにそうだったのである。

親子というタテの関係、夫婦というヨコの関係、そして再び主従というタテの関係を持ち出してきた重層軸の人間関係の中に、もしかすると我々のモラル感覚の核心のようなものが潜んでいたのではないだろうか。

天上の花園

インドに亡命しているダライ・ラマさんは、時々来日される。それで私なども、直接お目にかかる機会があった。

これまでも、東京と京都でお話を伺うことがあり、その優しい人柄と、それから特に声の魅力が強く印象に残っている。

若い頃、そのダライ・ラマさんのふるさとであるチベットの首都ラサに行ったことがあるが、滞在中に、鳥葬の現場として知られる荒涼たる丘を訪れた。

それは学問寺の一つであるセラ寺の近くにあった。一般にチベットの山は禿げ山で、草木はあまり生えていない。高さ三〇〇メートルほどの丘の麓には、五～六メートルもあろうかという大きな岩の台座があった。遺体をバラバラに解体する場所である。周辺にはナイフや斧が頭蓋骨や四肢の白骨断片とともに散乱していた。また火をおこすための仮設の炉がいくつかつくられ、そこでツァンパ（主食用の麦こがし）を燃やしていた。立ち昇る煙の匂いでハゲワシを招き寄せるためだった。

この丘の下手には水の涸れた川床が伸びている。大小の岩石が転がり、砂礫が一面を覆っていた。賽の河原とはこういう所かという思いが喉元を突き上げてくる。

鳥葬を外からうかがうと世にも残酷な葬法に映るが、チベット人は死者の魂は昇天すると信じている。魂が天に昇るために独自の死体処理を施すわけである。大切なのは魂の行方であって、遺体ではない。だから土地の人はそれを天葬と呼び慣わしているのである。

チベットといえば、すぐにも鳥葬の国といわれるが、事実は必ずしもそうではない。これまでダライ・ラマさんのような高位の僧はミイラにされてきたし、普通のラマ僧は丘の上で火葬にされる。これに対し貧しい人々は水葬にされる。体をバラバラにされた後、そのまま川の流れに投げ込まれたり、神の使いであるハゲワシの餌にされる。天然痘のような伝染病で死んだ人は土葬にされる。要するにチベットでは、人類が発明したあらゆる種類の葬法が行われていると言っていいのである。

先にも言ったように、乾燥しきったチベット高原では、花々の咲き乱れる光景にお目にかかることはまずない。けれども、死者の魂は、天国で美しい花々に囲まれ、楽しい人生を送っているのではないかと、ふと思う。

鎮める香り、煽(あお)る香り

いつ頃からか、電車やバスの中で、強い香水が匂ってくることが多くなった。街を歩いていても突然濃厚な匂いに襲われ、体にまつわりついてくる。タクシーなんかでもそうだ。乗りごこちが、香水の種類によって左右される。誘いこまれるような匂い、胸くその悪くなるような匂い、ほのかな匂い、どぎつい匂い、種類がどんどん増えている。
日本風の線香や香の時代から、西欧風の香水の時代へと移り変わりつつあるのだろう。例えば杉の葉で作った線香は抹香くさい。陰気で、湿っぽい。言うまでもなく葬式の雰囲気にふさわしい。ところが香水の方は結婚式やパーティーになじむ匂いを運んでくる。
それはそうなのだが、以前私は少々違った感想を抱いたことがあった。線香や香は我々の煩悩や欲望を鎮静させる作用を持っているが、西欧風の香水は逆に、それを刺激する効果を発揮するのではないかと。香りの観点からみると、欲望を鎮める時代からそれを刺激する時代へと変化している。

以前インドへ行って仏跡を巡拝したときだ。ベナレスやブダガヤで求めた線香をたいて、びっくりした。それがインドに多い白檀香（びゃくだんこう）だったこともあるが、その強烈な匂いにたまげてしまった。とても煩悩を鎮静させるなんて段ではない。とにかく、頭がくらくらしてくる。日本の線香に慣れていたからか、同じ仲間だとはとても思えない。さすがスパイスの国インドの香だと思ったものだ。

お釈迦さんも、こんな強い香をたいて瞑想しておられたのだろうか。まさか、そんな強い香をかいで煩悩を刺激しようとされたのではなかったであろう。だが、そのへんのところがよくわからない。

匂いのレベルのこととしていえば、インド仏教の瞑想と日本仏教のそれとの間に、とんでもない落差があるのかもしれない――そんな気分にもなってくる。白檀香の匂いとともに生成したインド仏教と、線香の匂いとともに発展した日本仏教と……。

先に私は、時代は線香から香水へと変化し始めているのではないかと言った。匂いや香りに対する日本人の嗜好（しこう）が変わってきたということだ。さらにいえば、新奇の香水志向が知らず知らずのうちに若い世代の麻薬志向へと推移していくのではないか、という不安とそれが重なる。

やはり春が近づくこの季節、梅が香の匂い立つ情景が私の胸にはしみるのである。

六角堂の夢

京都の下京区に住んでいるから、四条通りと烏丸通りの交差するあたりをよくさまよい歩く。大通りを少し北に上がり右手を眺めると、六角堂の屋根が見えてくる。ビルの谷間に沈んでいかにも苦しそうだが、それだけに歴史の濃い匂いが漂っている。なぜ、六角堂なのだろうか。もっとも、このお堂のもともとの名称は頂法寺といわれてきた。六角堂を創建したのは聖徳太子、との伝承がある。そうすると、同じ太子が籠ったという奈良・法隆寺の夢殿は八角の部屋になっているから、それに倣(なら)ったのかもしれない。八角の夢殿ではその太子の夢に金人(きんじん)(注)があらわれたという。のち十三世紀になって、比叡山で修行する親鸞が山を下り、この六角堂までやってきて籠り、観音のお告げを得ている。六角堂の夢告(むこく)、といわれるものだ。ふと、想像する。奈良の金人が京都に飛び、姿を観音に変えて六角堂にあらわれる。以来、八角堂の夢、六角堂の夢、とつぶやく癖がついてしまった。

その六角堂の塔頭、池坊が「いけばな池坊」の家元となり、西国三十三観音霊場の第十八番札所になっていく。庶民の観音信仰と巡礼行動が、「いけばな」の作法と結び付いて人気を集めた。

この間、その「いけばな池坊」が五五〇年を祝って出版した『花の礎（いしずえ）』（歴史、支部編二〇一二年発行）を見ていて、六角堂が幾度も焼失の災禍に見舞われていたことを知った。それは何もこのお堂に限らないが、親鸞の時代以後でも永徳二年、応永三十三年、永享六年、応仁元年、元和四年、宝永五年、天明八年、元治元年（蛤御門の変）と焼けている。

よく、火事は「江戸の華」といわれるが、京都で火事は「京の華」といったことは聞いたことがない。おそらくこの京都盆地には、西の守りに愛宕山（あたごやま）という火伏せの神が睨みを利かせているからなのだろう。そのためだろうか。消防活動も他の地域に比べ、その水も漏らさぬ態勢に抜かりはなさそうだ。

私は普段、夜九時頃になると、赤児のように寝てしまう癖がついているが、その枕元にはいつも「火の用心（ひのようじん）」の声と拍子木の音が聞こえてくる。

それが深い眠りを誘うのである。

ただ、ときどき見る夢の中に、太子の金人や親鸞の観音はまだあらわれない。それが残念でならないのであるが、いつか六角堂にお籠りをして何とか霊夢の示現（じげん）にあずかりたいものと思っているのである。

（注）金色の人の意から、仏身や仏像のこと。

花降る海

歌人の道浦母都子(みちうらもとこ)さんから、出たばかりの著書『うた燦燦』(幻戯書房、二〇一七年)を送っていただいた。歌人たちのうたに寄せて、ご自身のを含め、四季折々に書いたエッセイを集めたものだった。

ちょうどその頃、道浦さんは新聞に「心の中で見た〈ハナフリ〉」という文章を書いていて、それが目に留まり胸騒ぎを覚えていたことを思い出した。

道浦さんは紀州・和歌山市の生まれ。近くの雑賀崎(さいかざき)は漁業で知られ、紀伊水道に小さく突き出た岬には鷹の巣、雑賀崎灯台がある。

今は大阪の北摂にお住いのようであるが、この灯台には永い風雪を耐えるなかでいくど訪れたことか、と述懐されている。

見渡せば周囲は海、海、海。その広々とした景色の中に大小の島々が浮かぶ。眺めているうちに小さな悩みの粒が洗われていく。

そんな岬通いのなかで「ハナフリ」という言葉に出遭った。

いつの頃からか、この土地では春秋の彼岸の夕方になると、家族や近隣の人々と連れ立って高い所に集い、夕日を拝む風習ができていたという。

夕日の沈む頃太陽を見ていると、さまざまな光が散乱し、不思議な輝きがあらわれる。花びらのように、ダイヤモンドダストのように、万華鏡のように……。

　これといった科学的な説明がつかないからだろうか、誰言うとなくその現象を「ハナフリ」というようになった。雑賀崎は『万葉集』にも出てくる歌枕であるから、その伝承は古い時代にさかのぼるのだろう。

　道浦さんもその美しい言葉遣いに魅せられて、初めての長編小説に『花降り』というタイトルを付けたほどだった。

　だが今年出かけたときはあいにくの曇り日で、それを見ることができなかった。悔しさが込み上げたが、その分忘れがたい残像が心の中にのこった。


　　振り返る雑賀の海にきらきらら　花降りて居り浄土の花が

　全共闘運動の激しい時代に第一歌集『無援の抒情』を詠んで同世代に大きな共感を呼んだ歌人が、いま長い年月を経て静かな沈潜のときを迎えている。

　そういえば『苦海浄土』の石牟礼道子（いしむれみちこ）さんも、近年になって『花の億土へ』を書いている。おそらく水俣の海にきらめくハナフリを石牟礼さんもご覧になっていたのだろう。

父と花

晩年の父親は田舎の小さな寺で住職をしていたが、若い頃とは違ってひっそり暮らしていた。まだ物のない戦後の時代が続いていたが、それでも趣味のような、道楽のようなものが二つだけあった。

囲碁と朝顔づくりだった。

現役を退かれた年配の碁敵が二、三人いたと思うが、その方がやって来ると、本堂の片隅や座敷で日がな一日碁を打っていた。時々、「ああ」とか「それは」とか情けない声を上げていたが、それを除けば静かな、のんびりしたものだった。

けれども、中学生の私は何となく落ち着かなくなり、遊びに飛び出してしまう。前かがみになってじっとしている父親の背中を見ていると、何ともうっとうしい気分になるからだった。

夏が近づいてくると、その父親の表情や振る舞いに、にわかに変化の兆しがあらわれた。朝、目が覚めると父親はもう外に出ている。玄関の前といい、本堂の縁側といい、朝顔の鉢が一面に並べられ、花の手入れをしたり水をやったりして、生き生きと動き回っている。今思い返せば、その光景は『義経千本桜』ならぬ〝朝顔千本桜〟だったような気がする。

父親は寺の住職だったからだろうか、お盆やお彼岸、お正月などが近づくと、仏前に供える花を生けていた。他人任せにすることはほとんどなかったように思う。新年を迎えると、松や寒菊、南天を届けさせ、自分で新聞紙を敷き、枝や葉を切り落としていた。もともと草花が好きだったのか、それとも花を生けるのが性に合っていたのか、それが幼い私にはよくわからなかった。

けれども夏場の朝顔の場合は、それとは違うようだった。暑い季節の早朝に朝顔の世話をしているときの父親は、まるで別人のように喜々としていたからだ。とにかく子ども達に向かって手放しで自慢はするし、花を咲かせるまでの講釈をして倦むことがなかった。

仏前に供えるときは身支度を整え、正座をして生けていたのに、朝顔のときは夏とはいえ、いつも白い肌着にステテコというラフな格好で、それが何とも可笑しかった。

父親にとって仏前で花を生けるのと、庭前で朝顔の花を咲かせるのは、まるで別の事柄と映っていたのかもしれない。

いまを生きる聖

『おくりびと』という映画が話題になったことがある。青木新門さんが『納棺夫日記』を書いたのがきっかけになった。「納棺夫」とは死者の体をきれいに拭って、お棺に納める人のことだ。映画の方は、米国のアカデミー賞をとって、「おくりびと」という仕事がいっそう人々の関心を引くようになった。

同じ頃、作家の天童荒太さんの『悼む人』が直木賞をとり、ベストセラーになった。こちらの方は、主人公の純朴な青年がある時思い立ち、事故などで死んだ見知らぬ人のために現場まで足を運んで、きわめて個人的な追悼の儀式をたったひとりで行う。新聞の死亡記事などを読んで、全国各地を訪ね歩く物語だ。

「おくりびと」や「悼む人」が話題になってから随分日が経ったが、今年になってから三浦豊さんというまだ若い方から『木のみかた　街を歩こう、森へ行こう』（ミシマ社刊）を送っていただき、それを読んで驚いた。そこにはご自分の肩書きを「森の案内人」と名乗り、日本中の森を巡り続け、森の案内をするのが仕事であると書かれていたからである。「森の見守りびと」と言ってもいいだろう。

三浦さんは京都で世に知られる下鴨神社の「糺の森」の近くで育ったが、大学で建築を学び、やがて一念発起して「森の見守りびと」、すなわち「森の案内人」を天職にして、いささかも迷うことがない。じつにわかりやすい文章で書かれ、そこに鋭い警句や深い洞察がポンポン飛び出してくる。

「日本列島の大地は再び森になろうとしている」「楠のような巨樹のエネルギーを受け止めるのは神仏（神社仏閣）ぐらい」「夏になると美しい花を咲かせる臭木という不思議な名を持つ樹、それは虫除けという名誉ある仕事をしている」「お昼寝に最適なのは榎の下だ」などなど……。全国各地に生えるこの木、あの森の案内が、何とも魅力的な筆致で紹介されているのもお勧めだ。

「おくりびと」や「悼む人」そして三浦さんのような「森の見守りびと」は、かつての阿弥陀聖や高野聖たちのような、現代の「ひじり人」なのかもしれない。

小さな星条旗

一九八〇年代に入ったところだったと思う。たまたまアメリカに旅し、シカゴ空港でのことだった。もう四十年も前になる。

ボディチェックを済ませて待合室に入り、ぼんやり空を眺めていた。飛行機が次々と離陸していく。そしてそれよりも短い間隔で、着陸態勢に入った飛行機が高度を下げてくる。

ぼんやり空を眺めているだけで、よくぞ飛行機同士がぶつからないものだと、不思議な気持ちになっていた。遠くから見ていると、広い秋空にまるでトンボが群れて飛び交っているような光景に見えたのだ。

やがて、老婦人が静かに近づいてくるらしいのが、気配でわかった。飛行機の降下とその老婦人の接近が私の視野の中に重なっていた。

気がつくと、その人は小さなカードのようなものを、私の目の前に差し出していた。髪に白いものが交じり、ロイド眼鏡の奥から優しそうな目がじっと私の方を見つめていたが、私には何も言わなかった。

一体何が起こったのか、私は一瞬たじろぐ思いだったが、やがてその仕草で、カードに書かれている文字を読むように私を促していることがわかった。目を凝らしてみると、そこにはこう印刷されていた。

ほんの少しだけ時間を下さい。私は六人の子ども達の母親ですが、耳が聞こえません。私にとって正直に働いてお金を得る方法は、この作品を売ることだけです。お代はいくらでも結構です。

ありがとうございました。あなたに神のお恵みがありますように。

私は、笑顔を見せてじっと立っているその老婦人に五ドルを渡した。彼女は頭を下げ、去って行った。その後ろ姿を見ながら、何気なくカードの裏を返してみると、そこにＡからＺに至るアルファベットを手話用に表現する指文字が小さく描かれていた。そして「これで、お友達とお話をしてください」と添えられていた。

カードの片隅には、小さな星条旗がピンで留められていた。私はその時、何となくアメリカの良心と誇りをそこに感じたのである。去って行く老婦人の頭に、小さな花をあしらった髪飾りが揺れていた。

「はんなり」の奥行き

「めんこい」という言葉が忘れられない。「可愛い」という意味だが、いろんなふうに使う。私は子どもの頃東北で育ったから、土地になじんだその言い方が、いつでも、ふと、甦る。

赤ん坊や小さな動物を指して言う場合が多く、「めんこい子馬」はよく知られ、「あの嫁っこ、めんこい」などとも言う。特に小さな可愛らしいものをいとおしむように言うところに特徴があるように思うが、その使用範囲は意外と広い。

似たような言葉に京都の「はんなり」という言い方があるのに、随分前から気がついていた。

こちらは主として上品で、陽気な明るさを指しているようであるが、これも先の「めんこい」と同様に多義的で、奥行きの深い言葉であることが、この地に住んでいてだんだんわかるようになった。あるとき、「めんこい」「はんなり」、「はんなり」「めんこい」と口ずさんでいるうちに、日本語を巡る東西の奥座敷が見えてくるような気分になった。

京都新聞出版センターから二〇一四年に刊行された松村和彦さんの写真と文による『花也 Subtle Beauty』を先頃手にして、はっと目を見開いた。その冒頭のエピグラフに、世阿弥の『風姿花伝』に出てくるよく知られた文章が引かれていたからだ。

秘スレバ花ナリ。秘セズバ花ナルベカラズ。

京都の「はんなり」は世阿弥の『風姿花伝』に由来する言葉だろう、と示唆していたのである。「ハナナリ」はハナ(花、華)に、状態を表す接尾語「リ」を付け、撥音化して強めた語、という説明がどの辞書にも出てくる。「ハナナリ」が音便で「ハンナリ」に転じたというわけである。

このところ若い世代の間で「可愛い」(=めんこい)が流行しているようだ。何でもかんでも「可愛い」と言っているようにもみえる。それはそれで面白いのだが、これからの時代「はんなり」はどんな運命を辿っていくのだろう。やがて「可愛い」「可愛い」の海の中に埋没して、消えてしまうのかもしれない。

木の葉、舞う

聖路加国際病院名誉院長を務めた医師の日野原重明（ひのはらしげあき）さんが、いつの間にか天上にのぼられた。いつもの明るい笑顔が雲間からのぞいている。あちらでまた、お歳を加えられていくのだろう。ご一緒の仕事で幾度かお目にかかることがあったが、そのときはいつも大きな声で歌を歌い、軽快なステップを舞台いっぱいに踏んで、踊られていた。

お話の中で、よく触れられるのがあのオー・ヘンリーの『最後の一葉』だった。アメリカの短編作家の、よく知られた名作だ。少女が重い病気を患い、病院の一室で孤独な毎日を送っている。何事もなく日は過ぎていく。その退屈な日々……。

窓から外を見ると一本の樹が見え、季節の移ろいとともに微妙な変化がそこにもあらわれる。秋の気配が近づくと木の葉が黄ばみ、木枯らしの吹く頃には一枚一枚散っていく。

そんなある日、少女はふと、最後の葉が落ちるとき、自分のいのちも終わるのだろうと思う。そこまで語ってから日野原さんはひと呼吸置き、こんなふうに言っていた。我々もまた同じ運命を生きている。最後のその日まで懸命に生きましょう、と。

その話を日野原さんの口から聞くとき、私はいつも、あの良寛が作ったとされる俳句を思い出していた。

裏をみせ表をみせて散る紅葉

である。人の最期は紅葉が散る時のように、オモテの明るい面を見せたりウラ側の寂しい影を見せたりしながら、ひらりひらりと落ちていく。

オー・ヘンリーの小説では、少女がじっと木の葉を見つめている。そしてその最後の葉が枝から離れるときが、自分の最期の時だと予感している。けれどもウラ・オモテを見せながら散っていく紅葉は、わずかながらではあっても、ひらりひらりと、時間をかけて散っていく。

そんなことを考えながら、私はいつも日野原さんのお話を聞いていたような気がする。だからかもしれないが、日野原さんも、もしかしたら天上にのぼられるときは『最後の一葉』のようにではなく、ウラを見せオモテを見せて散る紅葉のように、天の羽衣のように、ひらりひらりとのぼっていかれたのではないかと思っているのである。この妄想が、これまた何とも快いのである。

まぼろしの花、まぼろしの人

半世紀以上も連れ添った家人は、毎朝起きると、鉢植えの木や花に水をやるのが日課になっている。

雨が降る日も晴れた日も、手入れを欠かさない。嵐が来るときは外に出してある大小の鉢を室内に取り込んで、それに備える。暑い日のときも、判で押したようにそれをやっている。

食事の支度は、その後になる。順序が逆になることがないではないが、家人の心の中では花や木に水をやるのが先で、つまり最優先で、メシはその後ということに決まっているのかもしれない。

どちらも同じ活きている生命ではないかと、時に文句をつけることもあるが、家人は知らぬ顔の半兵衛で首を縦に振らない。木や花こそがいのちの元であり、源流であると言って譲らない。

以前、知人から大輪の花を咲かせるぼたんの鉢植えをもらったことがある。やがて花は落ち、枝葉だけになったが、四年目になってその枝にまた大きな花がついていた。その間、家人は相変わらず手入れを続けているようだったが、私はそのことにまったく気がつかなかった。

こんなこともあった。

私は四十数年前、出先で血を吐き、助けられて近所の病院に入ったことがある。命拾いをして退院の日を迎えたとき、主治医の院長さんがお祝いにと、見事な蘭の花を贈ってくださった。蘭は一年ほど花をつけていたようだったが、その後は枯れたようだったという。それから十数年が経った頃だろうか、家人がやってきて、あの時の鉢の蘭にやっと花が咲きましたと告げた。院長さんはすでに亡くなっていた。

自慢できるような話ではないが、私は植物や花のことについては、ほんとうに何も知らない。観念の中の花については人並みの知識は持っているが、本音をいえば桜と梅の違いを知っている程度の、うるおいのない人間である。

この頃になってようやく、自分が見ていたのは単なる花のまぼろしだったのかもしれないと思うようになった。気がついたのが遅過ぎたといわれれば兜(かぶと)を脱ぐほかないが、これは花のことだけではないのだろう。眼の力が衰えてきたのかもしれないが、これからは人についてもそのまぼろしの姿を見ていくことになるのかもしれない。

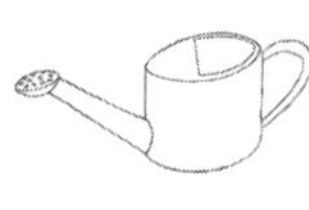

第四章　静かな覚悟

「残心」と「無心」

このあいだ、ある勉強会で、アレクサンダー・ベネットさんの「武士道の話」を聴く機会があった。それがとても心に響いたので、そのことから話をはじめてみたい。

ベネットさんは破天荒の経歴といったらいいのか、何とも風変わりな日本体験を経て、こんにちのめざましい活躍をしている人物である。

氏は、一九七〇年、ニュージーランドの生まれであるから、もう五十歳になっているのだろう。八七年、十七歳のとき交換留学生として来日し、千葉県の高校のクラブ活動で剣道をはじめたのをきっかけに日本の武道に興味をもつようになった。それ以後も二度にわたって来日し、一九九四年にカンタベリー大学を卒業、二〇〇一年には京都大学人間・環境学研究科博士課程を修了して、博士号をとる。そのときの論文が「武士道の定義の追求」という堂々たるものだった。二〇〇二年からは国際日本文化研究センター助手、さらに帝京大学文学部講師を経て、現在は関西大学国際部の教授である。世界で初めての英語の剣道雑誌「KENDO World」を二〇〇一年から発行して、その編集長。また、剣道六段、居合道五段、なぎなた四段と文武両道に通じ、京都府宇治市に住んでいる。

私はベネットさんとは国際日本文化研究センター以来のつき合いで、アメリカなどの国際学会では通訳を務めてもらったこともある。そのときの鮮やかな仕事ぶりが、今でも目に浮かぶ。

さて、先にふれた勉強会であるが、そのときの講演のタイトルが「残心のすすめ」というものだった。「残心」とは何か。ひとことで言えば、勝負が決まったあとも、自己と相手に対し油断のない精神の集中を続け、沈着冷静の態度をくずさないことだという。相手から一本をとったり得点をあげたりしたときも警戒を怠らず、血管内にあふれでるアドレナリンを徹底的に抑制する。勝利の興奮や喜びを態度にあらわすことはもってのほかであり、ガッツポーズなどはもちろん論外。

こうして「残心」とは、勝負の前・中・後において、不断の警戒と自己抑制の態度を持続させる心、ということになる。そのような心得ができあがるまでには、かつての武士同士の殺し合い・果し合いの実践的な経験のつみ重ねがあったのだろうという。相手に対する生命（いのち）がけの敬意、寸時の油断によっていつ殺されてもしかたのない危機へのいましめ、その身心のあり方が「残心」の名のもとに探求されるようになった……。

このような「残心」の心構えが見失われるとき、武士道の本質も雲散霧消するのではないか、というのが、氏のいわんとする究極の問題提起だったように思う。

私はその「残心」の話を聞きながら、一方で我々がよく口にする「無心」という言葉を念頭に思い浮かべていた。無私・無心といってもいい。とにかくベネットさんのいう「残心」というのは、私にとっては聞きなれない言葉だったのである。ふつうの日本人にとってもそうだったのではないだろうか。それどころか、無私・無心の状態にいたることをきわめて重要な人間の生き方と考えてきた我々の耳には、残心とはいかにも不徹底で、安定を欠く精神状態を指す言葉のようにきこえるのである。心を無の状態におこうとする無心に対して、「心を残す」とはいったいどういうことなのか。それははたして武道の究極といわれるほどのものなのか。そういう疑問が、心の片隅にくすぶっていたのだ。「残心」についてのベネットさんの説明に十分納得しながらも、なおかつそのような疑問にとりつかれていたことを告白しないわけにはいかないのである。

そのことで思いおこすのが、司馬遼太郎の『北斗の人』という小説にでてくる一場面である。その印象的なシーンが甦ってくる。

司馬遼太郎の好きな剣客の一人が千葉周作だった。『北斗の人』は彼を主人公にした小説であるが、発表されたのが昭和四十(一九六五)年である。千葉周作は盛岡藩の馬医者のせがれで、諸国での武者修行を経て北辰一刀流を編みだした。江戸にのぼり、神田お玉ケ池に道場を開いて、門弟三千人といわれた。

その『北斗の人』の巻末近くに、周作の「一夜秘伝」という話がでてくる。六十をすぎてから周作は病床に臥す日が多くなった。死ぬ前年の六十一歳のときだった。ある夜、見知らぬ者の訪問をうける。さる大名の茶坊主で、春斎と名乗った。その者が言うには、

——今夕、主家の急用で駿河台(するがだい)までくる途中、護寺院ケ原で浪人の辻斬(つじぎ)りにあった。春斎

は、今殺されるわけにはまいりませぬと、その辻斬りに命乞いをした。主家の御用の中途なので、殺されてはこの御用がはたせない。きっと、帰路に殺されてさしあげる。しばしの猶予をいただきたいと言うと、その辻斬りは主家の定紋を見て、見のがしてくれた。今ようやく用をはたし終えたので、これから護寺院ケ原に引き返そうと思う。ただ自分には剣の心得がない。それで立派に斬られるにはどうしたらよいかを教えていただきたいと思って、高名な先生の門を叩いたのである……。

それをきいて周作は感動した。病床から立ちあがった彼は、枕頭の大刀をとり、すらりと抜いて茶坊主にもたせた。大上段にふりかぶらせ、脚の開き方、呼吸のつかいかた、丹田の力の入れ方などを手にとって教え、最後に、

「目をつぶるのだ」

と言った。そのままの姿勢でいると、やがて体のどこかで冷っとする、そのとき刀を打ちおろす、そうすれば、醜くない死に方ができる、と。

そう教えられた春斎は大変喜んでそのまま約束の場所にとって返した。待ちかまえていた浪人が剣を抜き、星眼につけて迫ってくる。春斎は言われた通り、大刀を上段にふりかぶって目を閉じた。「すでに冥土にいると思え」と周作に言われた通り、彼は生きる執着を去っていた。

四半刻ばかり、二人はそのまま対峙していたが、ついに浪人は飛びのき、剣をおさめて、

「よほど使える」

と、逃げるように立ち去った。

このとき周作が春斎に伝授したのが、日頃から言っていた「夢想剣」の極意というものだった。春斎は生きのびるつもりがなかったために、剣士が生涯かかってはじめて到達しうる心境に、一瞬のうちに到達していたのである。

ここで、「剣士が生涯かかってはじめて到達しうる心境」と書いているのが司馬遼太郎である。千葉周作が剣の極意をそのように解していた、と考えたのであろう。訪ねてきた春斎に剣の使い方を教えたあとで、周作は「すでに冥土にいると思え」とさとしている。この「冥土にいると思え」は、生への執着を断って無心の境地になれ、と言っているわけである。その春斎の、無心の境地になった立ち姿をじっと凝視めていて、くだんの辻斬りはよほどの剣の使い手と思い、逃げ去った。そういう話になっている。

さて、ここで私は立ちどまる。もしもそう言ってよければ、右の「一夜秘伝」にでてくる千葉周作の剣は、「無心の剣」と言ってもいいのではないだろうか。無心になったとき、剣士が一生かかって身にそなわるような心境を一瞬のうちに手にすることができる。けれども、そうだとするとここでいう「無心」は、さきほど問題にした「残心」とどういう関係になるのだろうか。そういう疑問が生ずる。

千葉周作が「残心」の心得といったことを知らなかったとも思えない。それどころか、若い頃からの諸国武者修行の旅のなかで、剣の道における「残心」の大切さに早くから気がついていたに違いない。

生命を懸けるたたかいのなかから生まれた「残心」、生命を捨てる覚悟のなかからつむぎだされた「無心」――その両者はどこかで交わることがあるのだろうか。

佐久間艇長と漱石

３・11の震災から、もう九年の月日が経っている。その傷あとは、まだこの国の各地に刻みつけられ、消えることがない。

その大地の震動が襲ってきた直後のことだったと思う。日露戦争で苦境に立たされていた乃木大将について、感想めいた短い文章を書いた。あの二百三高地で立ちつくし、戦況を立て直すこともできないまま漢詩を書いていた将軍の姿に、ついてである。

ところが、その私の文章を見た読者から手紙がきて、海軍にもこんな立派な方がいましたよと、ありがたいご注意をいただいた。私は、そのような海軍軍人の存在をまったく知らなかったのである。

佐久間勉というのが、その人の名である。

明治十二（一八七九）年に生れているから、日本海海戦のときは二十六歳だった。このとき東郷平八郎は五十八歳、乃木希典は五十六歳である。

佐久間勉は明治三四（一九〇一）年に海軍兵学校（29期）を卒業し、三十六年に少尉に任官している。日露戦争中は軍艦吾妻に乗り組み、笠置の分隊長心得などの任に就いていた。東郷や乃木を遠くから仰ぎみるような場所にいたのだろう。

福井県三方郡の生れで、父は神職だった。薩摩でも、長州でもない。そのうえ武士の家柄でもなかった。東郷や乃木などとは、キャリアの背景も出自もまるで異にしていたことになる。日露戦後、潜水艇の研究に従事するようになったが、人となりが学究肌だったのかもしれない。明治三九（一九〇六）年、大尉に昇進、その三年後になって第六潜水艇の艇長の任に就いた。そしてその翌年、悲劇的な事故が発生する。

明治四三（一九一〇）年四月のことだった。広島湾で演習を開始したが、同月十五日になって、山口県新湊沖で潜水訓練中、艇は突然の浸水をおこして沈没、佐久間艇長は十三名の乗組員とともに殉職した。

そのあっという間の状況を再現すると、つぎのようなものだったらしい。

新湊沖に進出した第六潜水艇は、午前九時三十四分に母艇の暦山丸を離れ、午前十時頃からガソリンエンジンによる潜航演習をはじめていた。ガソリン潜航というのは、こんにちのスノーケル潜航のようなものだという。というのもそれは海面上にパイプを出し、空気をとり入れながらガソリンエンジンによって航行するからである。ともかく当時としては、斬新な発想によるものだったようだ。

そのガソリン潜航の試験中に、艇は突然、バランスを失い、深みに沈みはじめた。正常の位置に戻そうとバルブを締めようと試みるが、途中でチェーンが切れてしまう。仕方なく手動に切りかえたが、ときすでにおそし、艇の後部が満水状態になっている。そのまま約二十五度の傾斜で沈降していった。

佐久間艇長は、その沈みゆく艇の中で遺書を書いていた。死の直前まで手帳に書き続けていた。遺書は、右にふれた沈没原因の記述のあとに、つぎのように続く。絶体絶命の窮地に追い込まれた艇内の最後の状況、である。

潜水艇は沈降のはてに、仰角ほぼ十三度の傾斜で海底に横たわった。配電盤がすっかり水につかり、電灯が消えた。悪いガスが発生し、呼吸に困難を覚える。電気が使用不能のため、手動ポンプで排水に全力をあげる。けれども艇内には水があふれ、乗組員の着衣はすでにびしょびしょに濡れていた。寒さと冷たさが襲ってくる。

いくら排水につとめても、海底に沈んだままの艇はびくとも動かなかった。海底までの深度はほぼ十尋(ひろ)、十五〜十八メートルほど……。そのように書きつけたあと、佐久間艇長はつぎのように言っている。

潜水艇の士卒は、抜群中の抜群者から採用することが必要である。沈着細心の注意を払い、危機に際して大胆に行動する人間でなければならない。自分はいつもそのことを言ってきたが、本潜水艇の乗組員は、皆よくその職責を全うし、自分は満足に思う。

遺書にはさらに、後世に残す沈痛な言葉が書き残されていた。それは原文で示しておこう。

小官ノ不注意ニヨリ陛下ノ艇ヲ沈メ部下ヲ殺ス

誠ニ申訳無シ　サレド艇員一同死ニ至ルマデ皆ヨクソノ職ヲ守リ沈着ニ事ヲ処(ショ)セリ　我レ等ハ国家ノ為メ職ニ斃(タオ)レシト雖(イエド)モ唯々(タダタダ)遺憾トスル所ハ天下ノ士ハ之ヲ誤リ　似テ将来潜水艇ノ発展ニ打撃ヲ与フルニ至ラザルヤヲ憂ウルニアリ　希(ネガワ)クハ諸君益々勉励以テ此ノ誤解ナク将来潜水艇ノ発展研究ニ全力ヲ尽クサレシ事ヲ　サスレバ我レ等一(イッ)モ遺憾トスル所ナシ

もう一個所、

謹ンデ陛下ニ白(モウ)ス　我部下ノ遺族ヲシテ窮(キュウ)スルモノ無カラシメ給ハラン事ヲ　我ガ念頭ニ懸ルモノ之レアルノミ

この潜水艇事故のニュースをいち早く知ったのだろう。夏目漱石が、佐久間艇長の遺書を読んで心を動かされ、「文芸とヒロイック」という短い文章を七月十九日付の「東京朝日新聞」

の文芸欄に寄せた。事故の発生が四月十五日だったから、その三カ月後のことだった。

漱石は四十三歳になっていた。この年六月には、「東京朝日新聞」に連載した「門」を書き終えている。その四年後の大正三（一九一四）年になって、「こころ」、ついで同五年には「明暗」を書きはじめ、未完のまま同年十二月に世を去る。その「こころ」のなかでは、「先生」が乃木大将の殉死にならって「明治の精神」のために自殺する、ということが語られている。そのことを執筆したのが、奇しくも佐久間艇長が殉職した四年後だったということになる。

「文芸とヒロイック」のなかで漱石は、佐久間艇長の「ヒロイック」な行動に胸を打たれたことを告白し、称えているが、そこでこんなことを言っている。

かつてイギリスにおいても、潜航艇に同様の不幸な事故がおこったことがある。そのとき、艇員たちは争って死を免かれようとするの一念から、一カ所にかたまり、水明りの洩れる窓の下に折り重なったまま死んでいた。これは、人間の本能というものが義務心よりいかに強いかということを証明する有力な出来事ではないか、と。

当時、佐久間艇長の遺書が公表され、潜水艇事故の実情が明らかにされるにつれて、外国における同種の事故の情報とともに紹介されるようになっていたのであろう。そのなかに、引き揚げられた艇内が阿鼻叫喚の状況を呈していた事例があった。それに比べると第六潜水艇が引き揚げられたときは、総員が整然と持ち場についたままの姿で発見された。やがてこのニュースは世界的に大きな反響を呼ぶ。その後、各国の潜水学校では、現在でもこれを尊敬すべき潜水艦乗りの範として教えられているのだという。漱石が「文芸とヒロイック」の一文を書く気になったのも、そのようなことを知ったのがきっかけとなったのである。

けれどもじつは、彼がこの問題をとりあげようと思った背景には、もう一つの別の動機があった。日頃から考え続け、どうしても言っておきたいという気分が昂じてきたからだった。

その冒頭で、漱石は言っている。

自然主義という言葉とヒロイックと云ふ文字は仙台平の袴と唐桟の前掛の様に懸け離れたものがある。

と。実際、自然主義を口にする人はヒロイックを描こうとしない。その両者は水と油の関係だからだ。自然派を自称する人間は、そもそもヒロイック行為などこの二〇世紀には存在しないはずだと、頭から決めてかかっている。

けれども、世の中にみられない、数が少ないからといって、それが馬鹿げているとか、滑稽であるとかいうことにはならないはずだ。自然派の人間が、滅多にないからという理由でヒロイックを描かないのは、それはそれで認めはするけれども、しかし滅多にないからという言辞のもとにヒロイックを軽蔑するのは論理の混乱である。

自然派は現実暴露の悲哀をいい、主観の苦悶に注意を向けようと主張する。一々賛成である。

しかし彼らのいう主観のなかから理想の二文字を取り去ることは困難である。人間は理想を抱くがゆえに悲しみに沈み、苦悶に打ちひしがれる存在だからだ。したがって自然派といえども、彼らの主観のうちに、またその理想のうちに、平素排斥しようとしているさまざまな善と美、もろもろの壮と烈の存在を認めなければならないのである。

漱石はそのように論じて、つぎのように続ける。

潜航中に死んだ佐久間艇長の遺書を読んで、ヒロイックな行動に殉じた日本軍人のあることを知って、自分は喜びの念に耐えない。本能の権威のみを説こうとする自然派の作家は、一方において佐久間艇長とその部下の死と、艇長の遺書を見る必要がある。

　そうして重荷を担ふて遠きに行く獣類と選ぶ所なき現代的の人間にも、亦此種不可思議の行為があると云ふ事を知る必要がある。自然派の作物は狭い文壇のなかにさへ通用すれば差支えないと云ふ自殺的態度を取らぬ限りは、彼等と雖も亦自然派のみに専領されてゐない広い世界を知らなければならない。

漱石がこの文章を書いたのは、病院生活に入って約一カ月が経っていたときだった。たまたま人から、佐久間艇長の濡れた遺書をそのまま写真版にしたのをもらい、ベッドの上でその「名文」を読み返して、「文芸とヒロイック」という一篇を書きたくなったのだと言っている。

広瀬中佐と漱石

じつは、潜水艇沈没の悲劇が発生したのは明治四三（一九一〇）年四月十五日だったが、その前日の十四日に、艇長と乗組員たちは近くの岩国市装束（しょうぞく）にある養気園で花見をしていた。

ここにはこんにち、佐久間艇長の乗った第六潜水艇殉難者の記念碑が建立されており、毎年四月十四日になると例祭が営まれてきた。呉や岩国の海上自衛隊の隊員をはじめたくさんの方々が参列され、「海ゆかば」の曲が流されるのだという。

知らずにいたことを教えられ、あらためて気持ちが鎮まるような思いをさせてもらったのだが、じつは夏目漱石はさきの「文芸とヒロイック」を書いた翌日、同じ朝日新聞の欄に続編とも言うべき追悼の文を寄せていた。それは「艇長の遺書と中佐の詩」と題するものだった。佐久間艇長が残した遺書と、日露戦争で戦死した広瀬武夫（ひろせたけお）中佐の漢詩を比較していたのである。

広瀬中佐は、知られているように日露戦争の時、第二回旅順港閉塞作戦（りょじゅんこうへいそくさくせん）で閉塞船福田丸に乗って指揮をとっていた。当時はまだ海軍少佐で、出航に際して一篇の漢詩を残していた。漱石はそれをとりあげて、佐久間艇長の「遺書」と比較し論評を加えたのである。艇長の遺言と前後して、広瀬中佐の漢詩が新聞紙上に紹介されていたからだった。

冒頭、その両者の文章を比べる漱石がまったく遠慮会釈のない、予想外の言葉をつらねていることに、まず驚かされる。病床に伏す漱石の異常神経が昂揚してそのように言わしめたのか、しばらくは漱石のこころの推移を追ってみることにしよう。

漱石は言う。広瀬中佐の漢詩は、艇長の遺書に比してはなはだ月並みである。露骨にいえば拙悪にして、むしろ陳腐を極めたものだ。たとえ文学の素養がなくとも誠実な感情を有している者ならば、誰でも中佐があんな詩をつくらず、黙って閉塞船で死んでくれたら、と思うだろう……。

漱石によってこっぴどくやりこめられた詩というのは、つぎのようなものだ。

七生報国
一死心堅
再期成功
含笑上船

漱石の評も、一読してなるほど、と思わないではない。この衒気(げんき)ばかりが匂い立つような漢詩をこんにちの目で眺めれば、なおいっそう拙悪といえば拙悪、陳腐といえばこれ以上ない陳腐な作品、というようにも映る。

しかし当時の広瀬中佐は、困難な日露戦をたたかった軍人の鑑(かがみ)として、その名は天下に轟いていた。軍神ともたたえられていた。その国民的な英雄にむかって、よくぞ言いも言ったり、の感を深くする。さすが漱石というべきか、それともそのとき漱石は言いしれぬ激情に身をまかせていたのか、判断の難しいところだ。

しかし彼の筆は、やがて広瀬の漢詩の観賞から広瀬その人の行動へと議論の重心を移していく。その拙悪な作品に対する批判の矛をおさめていく。その漱石流といえばいえる生々しい文章が、あとに鮮やかな印象を残す。

それは、こんな調子で続く。

> 単に上手下手という点からみれば、両者とも下手には違いない。けれども佐久間大尉のは、やむをえずして拙くできあがったのだ。艇が沈んで呼吸が苦しくなる、部屋が暗くなる、鼓膜が破れそうになる。一行書くことすら容易ではなかっただろう。遺書という形であれだけ文字を連らねるのは超凡の努力を要するはずである。したがって書かなくてはすまない、遺さなくては悪いと思うこと以外には一画といえどもみだりに手を動かす余地がない。

そのように書き続ける漱石の言葉は、いつの間にか佐久間大尉その人の肉声と重なって、読む者のこころを振動させる。

> 艇長の声は最も苦しき声である。又最も拙な声である。いくら苦しくても拙でも云はねば

済まぬ声だから、最も娑婆気を離れた邪気のない声である。殆ど自然と一致した私の少い声である。そこに吾人は艇長の動機に、人間としての極度の誠実心を吹き込んで、其一言一句を真（まこと）の影の如く読みながら、今の世にわが欺かれざるを難有く思ふのである。さうして其文の拙なれば拙なる丈真の反射として意を安んずるのである。

このように書いてから漱石は、広瀬中佐の詩には以上述べたような条件がすこしもそなわってはいない、という。やむをえず拙劣に詩をつくったという痕跡もない。むしろ俗な句を並べただけという疑いが残るばかりだ、と容赦ない。艇長は自分が書かねばならぬことを書き残した。自分でなければ書けないことを書き残した。だが中佐の詩においては、作らないでもすむのに作っている。そもそも作らないですむときに詩を作ることが許される唯一の基準としては、二つある。一つは詩を職業とする人間が作るとき、二つ目が、他人に真似（まね）のできない詩を作りうる人間の場合であって、そのいずれかにかぎるのだという。

批評において、たしかに誠実な漱石がそこにいる。書くべきことをのみ書こうとしている作家の魂が、そこに息づいているといえるだろう。ところがその誠実なきびしい批評の言葉が、このエッセイの最後になって反転する。今度は広瀬中佐その人の魂の救済へとむかっているからである。

幸ひにして中佐はあの詩に歌ったのと事実の上に於て矛盾しない最期を遂げた。さうして銅像迄建てられた（それは、神田区万世橋駅前にあった——筆者注）。吾々は中佐の死を勇ましく思ふ。けれども同時に、あの詩を俗悪で陳腐で生きた個人の面影がないと思ふ。あんな詩によって中佐を代表するのが気の毒だと思ふ。

こうして漱石は、中佐の漢詩を遠慮会釈なく切り捨てたが、間一髪、その同じ筆先をひるがえして、中佐が敢行した旅順港閉塞の行為には一点の虚偽の疑いもなかったといっているのである。

私は、この漱石のエッセイを読んでいて、ほとんど忘れていた昔のことを思い出した。戦時中の、まだ小学生だった頃の記憶である。ラジオから流れてくる二代目天中軒雲月（のちの伊丹秀子）の『杉野兵曹長の妻』を、母といっしょに聴いていた情景が浮かぶ。当時、国民学校に通っていた私は、学校では大正元（一九一二）年に文部省唱歌として作られた「広瀬中佐」を歌っていた。その一番の歌詞が、よく知られている

轟く砲音　飛来る弾丸。
荒波洗う　デッキの上に、
闇を貫く　中佐の叫。

「杉野は何処（いずこ）　杉野は居（い）ずや」。

である。

広瀬武夫は、ロシア駐在武官として活躍した教養ある武人だった。その広瀬中佐が最後に、閉塞のため沈めた船を離れようとしたとき、部下の杉野兵曹長の姿がみえないことに気づく。船内をくまなく捜索してもみつからない。ついにあきらめて引き揚げようとしたとき、敵の弾丸にあたって戦死する。やがて彼は「軍神」として祀られ、その最期の場面が小学唱歌のなかでうたわれるようになったのである。

唱歌では、血まなこになってさがす広瀬中佐の叫び、「杉野は何処　杉野は居ずや」の一行が大きくクローズアップされているが、歌詞の三番の最後は「軍神広瀬と　其の名残れど」となっていて、この唱歌が「広瀬中佐」をたたえる構成になっていることがわかる。

ところが、先にふれた天中軒雲月が語る浪曲の方では、唱歌に語られている軍神の武勲談とは打って変わって、杉野兵曹長とその妻の物語が主題とされていた。杉野兵曹長と妻の二人の悲しみのこころに寄りそうような物語に仕上っていた。私の母が唱歌の方にではなく、浪曲「兵曹長の妻」に耳を傾けていたのも、あるいはそのためだったのかもしれない。

私は戦後も平成の時代になってから、たまたま浪曲家の春野百合子（はるのゆりこ）さんにお目にかかる機会があった。そのときはまだ現役で、お元気な姿で活躍されていた。それでお目にかかる前に、春野さんの浪曲をいくつか聴いてみたのである。男と女の悲恋を語る『樽屋おせん』、堀部安兵衛(ほりべやすべえ)の仇討(あだうち)で胸をワクワクさせる『高田の馬場』、そして菊池寛(きくちかん)の原作になる『藤十郎の恋』などであるが、どれもしみじみと聴くことができた。

対談の席では、そんな話題を交えて先の『杉野兵曹長の妻』の印象などについても語り合ったのだが、そのとき春野さんがポツンと言われたことが忘れられない。

私は、あの「浪花節的(なにわぶしてき)」という言葉が嫌いなんです。安っぽい人情を、そんな言い方で表現しようとする。とくにインテリの方たちが、そう言いますよね。誰も「義太夫的(ぎだゆうてき)」とも「歌舞伎的」とも言わないんです。たとえ同じ題材を扱っていても、それが浪曲となると、とたんに悪口のように「浪花節的」という……。

こうして、戦後になって浪曲は転落の道をたどる。軍国主義時代の愛国浪曲、封建道徳のナニワブシなどという陰口がささやかれるようになった。だがよく考えてみれば、我々の周辺には杉野兵曹長やその妻のような、戦争を底辺で引き受けて苦しんで犠牲になった人々がたくさんいたのである。そういう人々の悲しみや苦しみを思いやることなく、ただ「浪花節的」と軽蔑のまなざしで見下ろし、それをなにか「民主主義的」な風潮の対極にあるもののようにみなしたのは、むろん私自身を含めてのことなのだが、やはり軽薄なことだったというほかはないのである。

広瀬中佐の「軍神」伝説をめぐる、もう一つの後日譚である。もしも漱石がまだ生きていて、先の春野さんのつぶやきをきいたとしたら、はたして何と言うだろうか。

大将の度量と副官の器

フランスの小咄（こばなし）をひとつ。

ナポレオンが戦場で指揮をとっていた。小高い丘からみていると、砲煙弾雨のなかを一人の大男が弾丸を抱え、平然とした面持ちでのっしのっしと歩いていく。そこへ、一人の小男が同じ弾丸を抱えて、顔を恐怖にひきつらせ、全身をぶるぶる震わせながら走っていた。

ナポレオンはそばに控える副官にその光景を指さし、

「あの二人のうち、どちらが勇気があると思うかね」ときいた。副官はためらうことなく、

「もちろん、あののっしのっしと歩いている大男の方です」と答えた。

ナポレオンは言った。

「バカなことを言うんじゃない。あの大男は生来ものに動じないタチなのだろう。それに比べれば、あの小男はほんとうに恐怖に打ちふるえている。それなのに力をふりしぼって、弾丸

を運んでいる。はるかに勇気があるではないか」。

もうひとつ、トルストイの『戦争と平和』からの一場面。これもネタの元はナポレオンであるが、こちらの方は敗軍の将になったナポレオンである。

彼がヨーロッパ各地の軍隊をかき集めて、ロシア帝国に総攻撃をしかける。このときのロシア軍の総大将が隻眼（せきがん）のクトゥーゾフ将軍。圧倒的なナポレオン軍の攻勢に対して、クトゥーゾフは退却に退却を重ね、ついに炎に包まれるモスクワまで捨てて逃げていく。

その間、クトゥーゾフは幕舎で退屈そうな表情を浮かべて、フランスの三文小説を読みふけっていた。副官が心配そうな顔をして部屋に入っていき、様子をうかがっても、すこしも動ずる気配をみせない。

やがて冬将軍がやってくる。寒気と積雪が戦場を覆いつくす頃になって、ナポレオン率いる軍勢は総退去に追い込まれていった。クトゥーゾフはそのときがくるのを待っていたのである。そのときまで副官は大将の戦略を理解することができなかったというわけである。副官と総大将の人間的な器量の差、である。一方は小咄、他方は小説の形をとり、ナポレオンの役どころも攻守ところを変えているが、そこに登場する大将と副官のあいだの落差はあまりにも歴然としている。もっとも総大将といえども、副官のさしだす知恵を無視し、いつ墓穴を掘るかわからない。そしてそんなことはいつでもおこりうることで、それが見るものの心をとらえて放さない。

　このところわが国では、軍師の役割とか参謀の知恵とかが取りざたされるようになった。すぐれた参謀や軍師がいなければ、組織の長たるものリーダーシップを十分にはたしえないということなのであろう。そんな風潮に押されてのことだったと思われるが、しばらく前に放映されたＮＨＫの大河ドラマでも軍師、黒田官兵衛の登場で人気が急上昇したことがあった。

　私などの観ている印象で言えば、そのぶん総指揮官としては定番の、秀吉の存在感の方が多少とも揺らいでいるような気もする。それはあるいは、我々の社会でリーダーの存在感がしだいに希薄になっていることの反照かもしれない。参謀や副官と総指揮官の役割の差がいつの間にか縮まってきているのかもしれない。

　さて、前口上はそのくらいにして、ここでは名参謀といわれてきた秋山真之（あきやまさねゆき）のやったことをとりあげて、右に言ったようなことを考えてみることにしたい。日露戦争の日本海海戦で、総大将の東郷平八郎（とうごうへいはちろう）を助けて大勝利にみちびいた秋山真之である。

　ここでとりあげようと思う戦闘場面は、日露開戦の直後におこなわれた旅順港閉塞作戦（りょじゅんこうへいそくさくせん）である。このときも秋山参謀が作戦の総指揮をとっていた、この旅順港閉塞作戦は、ロシアのバルチック艦隊が日本海までやってくる前に、極東の海上覇権をねらうウラジオストック艦隊を旅順港にあらかじめ封じこめておこう、という作戦だった。

　敵艦隊を湾内に閉じこめるため、わが方の艦隊の船を湾の入口に沈めるという困難な作戦だった。一回目と二回目は失敗し、三回目になってようやく成功する。

第一回は明治三七（一九〇四）年二月二十四日だったが、これは今言ったようにうまくいかなかった。しかしこのときは、一名の捕虜も出さずにすんだ。

第二回は、三月二十四日の夜から二十五日の夜明け近くまでにおこなわれる予定だったが、実際は三月二十六日夕刻の出陣となった。旅順港に沈めた船は老朽船の千代丸、福井丸、弥彦丸、米山丸の四隻。このとき広瀬武夫（ひろせたけお）少佐（当時）が二番船福井丸の指揮をとっていた。彼は第一回目では報国丸を指揮して生還していたが、この第二回目のときは、福井丸に乗って指揮し、杉野孫七（すぎのまごしち）兵曹長らとともに戦死している。が、このときも敵手に落ちた者はいなかった。

閉塞作戦の最後となった第三回目が五月二日の夜だった。このときは行方不明九十一名を出している。そのほとんどは斬り死をとげたが、少数の者が捕虜となった。この日は荒天のため中止命令が出ていたが、風波のひどい海上のため命令が伝わらず、旅順港口で爆沈したのが八隻、引き返したのが四隻である。

爆沈した八隻に乗っていた人員は百五十八名だった。そこから収容隊が救出したのが六十七名、そのうち戦傷四名、負傷二十名、無疵（むきず）四十三名である。行方不明は前述の通り、はじめ九十一名とされたが、のちに行方不明は七十一名で、残り十数名は重傷を負って敵に捕われていたことがわかった。捕われてからも、みずから死を選んで世を去った者もあり、傷病のため没した者もあり、旅順が落ちて開城されたとき、日本側に還ったのはわずか数名だけだった。

以上のことを、私は長谷川伸（はせがわしん）の『日本捕虜志』によって知ったのであるが、その記述のなかに秋山真之のことが出てくる。閉塞作戦を指揮するにあたって彼がどのようなことを考えていたのか、注目すべき記述が出てくる。

日露戦争のあと、しばらく経って、大正十五（昭和元〈一九二六〉）年の夏のことだった。旅順港閉塞作戦に参加した斎藤七五郎(さいとうしちごろう)海軍中将がこの世を去る。閉塞作戦の第二回目に、弥彦丸に乗ってこれを爆沈させた指揮官で、当時は大尉だった。

その斎藤海軍中将の葬儀で弔辞を捧げたのが、同じ閉塞作戦で生死をともにした正木義太(まさきよした)海軍中将だった。第二回の閉塞作戦では米山丸に乗っており、斎藤と同じく大尉だった。ちなみに、このとき福井丸に乗って戦死したのが先にふれた広瀬武夫少佐である。当時、斎藤中将の葬儀のときにはもちろんこの世の人ではない。

その正木義太海軍中将の弔辞のなかに出てくる話を、長谷川伸は『斎藤七五郎伝』（寺岡平吾著、昭和三年、斎藤七五郎伝記刊行会刊）から抜き出して、つぎのように紹介している。そのなかに、秋山真之少佐の印象的な姿が登場する。

第一回目の閉塞作戦が失敗し、第二回目を決行することになったとき、秋山参謀がその閉塞船の指揮官たちを訪ねる場面だ。福井丸に乗る広瀬、弥彦丸に乗る斎藤、そして米山丸に乗る正木の三人で、それぞれの艦に足を運んでいた。

米山丸に乗る正木大尉と会ったときのことからいうと、秋山参謀はこのとき「こんどの閉塞は逸(はや)らずにやれ、捕虜にされる決心でやれ」と言っていたようだ。遠まわしな言い方ではあるが、その言葉の陰にあるのは捕虜になれ、である。敵の手に生擒されるくらいでなくては成功は難しいからだ、と言ったという。

このとき正木大尉は「捕虜になりましょう」と返答し、「斎藤大尉もああいう人物だから、国のためなら自分の不名誉などは敢然として忍び、捕虜になるでしょう」と言葉を添えた。すると秋山は、「斎藤も捕虜になると言っている。君も承知してくれたので、安心した」と応じている。ところがこのとき、秋山は、「広瀬も」とは言わなかった。なぜなら広瀬武夫少佐は、自分が一死報国の手本をみせれば、これに倣う者がかならず出てくると考えている人間だったからだ。広瀬は捕虜にはならぬ、と答えたのではないか。いや確かにそう言って頑張ったに違いない……。

秋山、広瀬の問答の内容については、広瀬の乗った報国丸の栗田富太郎機関士（後に少将）が目撃していた。そのように長谷川伸は書き添えているのである。

秋山参謀が、閉塞作戦を指揮する三人を順に船に尋ねて話し合っていたことがこれでわかる。とりわけ弥彦丸に乗る斎藤大尉と、米山丸に乗る正木大尉に対しては、閉塞の大仕事を終えたあとは、「捕虜になれ」と言っている。ところが福井丸に乗る広瀬少佐に対してだけは、そうは言わなかった。一死報国の手本をみせれば、あとに続く者がでてくるだろうと信じて疑わない人間だったからだ。そして結果として広瀬はその信念に殉じて、戦死している。

長谷川伸の『日本捕虜志』が伝えるところによれば、戦いのこの段階において捕虜になることを前提にする作戦が立てられていたことがわかる。秋山のその作戦は広瀬武夫には通じなかったけれども、しかし「捕虜になれ」という、その秋山参謀の思いに迷いや嘘はなかったのだろう。

長谷川伸の『日本捕虜志』は、昭和二四（一九四九）年五月から同二五年五月にかけて、雑誌『大衆文芸』に連載された。このときは四百字詰八百枚ぐらいの量になっていたという。資料を集めて書きはじめたのは戦争中のことで、敗戦後もそのまま書き継いで倦むことがなかった執念の著作だったことはまちがいない。

東京で空襲の災禍にさらされた彼は、市井の一人として惨めな敗戦を体験し、戦後は戦後でその著作活動は占領軍の検閲と監視のもとにおかれていた。しかしそれは、日本人のなかには歴史的に「捕虜」の問題を大切に扱ってきた立派な伝統があったのだということを資料をして語らせ、説得的に浮き彫りにする仕事でもあった。そしてそのような展望のもとに旅順港閉塞作戦をとりあげ、そこから秋山真之参謀の作戦指導の特色を際立たせようとしたのだったと私は思う。

戦後になってこのような、言ってみれば反時代的な試みともいうべき『日本捕虜志』を刊行する出版社はどこにもみられなかった。戦争中は、自宅の書斎と防空壕のあいだをその大量の原稿をもって毎日のようにあわただしく往復していたが、それほど大事に扱っていたが、結局それは、戦後になって自費出版の形でしか世に出すことはできなかったのである。

その後記のなかで、長谷川伸は最後にこんなことを言っているのである。

読んでくださる方々よ、この本は捕虜のことのみを書いているのではない、日本人の中の日本人を、この中から読みとっていただきたい。どうぞ。

（『長谷川伸全集』第九巻、朝日新聞社、三〇〇頁）

日本海海戦の場面では、連合艦隊司令長官、東郷平八郎と参謀、秋山真之の対比がよく話題にのぼる。言ってみれば総大将と軍師の関係である。大将の器と軍師、副官の知謀、といったレベルの比較である。小論の冒頭にナポレオンの事例をもちだして総指揮官と副官のあいだの落差の問題にふれたのもそのためだったが、このようなことは何も戦闘の場面にかぎらずどこにでもみられることかもしれない。そして場合によっては、大将の度量と副官の器が通常とは異なって逆転している可能性だってあるだろう。

そのように考えてみると、東郷平八郎司令長官と秋山真之参謀のあいだの関係が本当のところどのようなものだったのか、判断が難しくなるのではないだろうか。ここのところは証拠も出さずにいうほかはないのであるが、二人はある共通の理念にもとづいて戦いの場に臨んでいたのではないか、そのように思えてならないのである。もっとも、これはこれで、また別個の問題になるのではあるが……。

仇討ちの現実

むごたらしい殺人事件がおこるたびに、胸が痛む。殺人の行為そのものに対してはもちろんであるが、犠牲になった人の遺族の嘆きの声をきいて、言葉を失う。「死者を返してくれ」の怒りの声、悲しみの言葉に接すると、ただ首を垂れて唇を噛むほかはない。

これまでの裁判では、どうかすると遺族に対する配慮よりも、加害者の人権を保護する考え方が重視されていたようだ。しかしそれはおかしいという世論が盛りあがり、被害者側の無念の気持ちをおもんぱかる制度が必要との声があがるようになった。それが裁判に適用され、周知のように裁判員制度の導入へとつながったのである。

それはそれでたしかに一歩前進であったわけであるが、しかしそのような制度的な改革だけではたして遺族の気持ちはおさまるのだろうか。「死んだ人をこの世に返してくれ」の悲痛の叫びが、それではたして軽減されるのだろうか。そんな疑問が悲惨な事件がおこるたびに私の頭のなかで堂々めぐりするようになった。

そんなとき、いつの間にか記憶のなかに蘇らせていたのが、江戸時代の仇討ちをめぐる、あれこれの物語だった。理不尽に殺された者たちの遺族が、その仇を探しだして無念の思いを晴らす。死んだ者がもはや返らないものならば、せめてもその仇を討って殺された者と同じ運命につき落とす……。仇討ちの物語が、大衆のこころをしだいにつかむようになっていったのもそのためかもしれない。

仇討ちの物語ということになれば、誰でも知っている曽我兄弟、赤穂浪士、そして荒木又右衛門と渡部数馬の仇討ちということになるだろう。いずれも史実にもとづく仇討ちだったが、やがて日本三大仇討ちと称され、歌舞伎や講談などで上演されるようになると、さまざまに脚色され、面白おかしい虚構の手が加えられるようになった。小説や芝居、そして映画などで、荒唐無稽な物語がつくられるようにもなっていった。

だが、そうしたなかにあって、長谷川伸が書いた『荒木又右衛門』は、豊富な資料を読みこみ、できるだけ史実に近づこうとしたリアルな歴史小説の傑作として知られる。また江戸時代の幕府政治のもと、武家社会の仇討ちの現実がどのようなものと考えられていたのか、そのありのままの姿を白日のもとにさらけだしている点でも出色の作品だった。

長谷川伸は『瞼の母』や『一本刀土俵入』などの作品で知られるが、この『荒木又右衛門』は、昭和十一（一九三六）年九月から翌年六月にかけて『都新聞』に連載された新聞小説だった。当時彼は、その『都新聞』で社会部長と文化部長を兼任していて、そのまま芝居や小説を書いていたが、『荒木又右衛門』を連載したときは同社の客員になっており、それで原稿料はまったく受けとらなかったという。いかにも長谷川伸らしいエピソードであるが、それだけにこの小説にかけた彼の思いには並々ならぬものがあったに違いない。

荒木又右衛門と義弟渡部数馬が伊賀上野で仇の河合又五郎とその一行を討ち取ったのは、寛永十一（一六三四）年十一月のことだった。「伊賀越仇討」と呼ばれてきた事件である。当時はまだ戦国の気風が残っていた家光の時代である。その三年後に、九州では島原の乱がおこっている。

決闘は午前八時から午後二時近くまで、ほぼ六時間にも及んだ。又右衛門は、助っ人の河合甚左衛門を斬ったあとは、数馬と又五郎の死闘を見守り続けている。終始、数馬を励まし、みずからは助太刀の手をかすことがなかった。

最後になって、顔面までめった斬りにされた数馬が、又五郎の止殺を刺す。その最後の場を、長谷川伸はつぎのように描いている。

又五郎は、ふらりと、弱々しく、数馬に向かって歩いた。張り裂けそうな眼に、心の苦悶が光った……。

が、起っておられなくなった。くたくたと地に坐り、口を動かした。

その様子を、じっと見つめていた又右衛門が近寄って、聞き耳をたてると、

「終りとなった――南無」

と、又五郎は呟くようにいっていた。

「南無阿弥陀仏」

と、又五郎の低い弱った声が聞こえた。

又右衛門は又五郎の眼を見た。平穏な色に変っている。

「又五郎、よく闘いたり」

一言、手向(たむ)けた。

「うむン」

ばったり、前へ伏した。乱れた髪に珠なす汗が、午後の日をうけて幾つか光った。数馬は地に坐り、うっとりしている。

「数馬、止殺(とどめ)！」

又右衛門の声が耳にはいらずにいる。

「数馬！」

帯をひっつかんだ又右衛門が、身許へ口を寄せ、

「腰が抜けたかッ、不覚な！」

と、恥(はずか)しめた。

数馬が口を大きく開いて、

「おう！」

止殺を急ぐ気だろう、手足をばたばたさせた。血の雫が、散る霧のように四方に飛んだ。又右衛門はそれを引き起し、引き摺るように又五郎の上に置いた。

……

数馬は盲のように手探りして、又五郎の頸の急所に、刃こぼれ五カ所、打込み疵一寸あまりできた、備前祐定作の刀先（きっさき）を刺した。

「めでたい」

と、又右衛門がいった。

荒木又右衛門の全身に、長谷川伸の魂がそのまま乗り移っているかと思わせる描き方である。一行一行のあいだに、仇討の現場における息づまるような時間がそのまま重なって流れている。このとき荒木又右衛門は三十七歳だった、それに対して渡部数馬は二十七歳。ちなみにその後、又右衛門は寛永十五（一六三八）年に四十一歳で病死、数馬は寛永十九（一六四二）年、三十五歳で世を去っている。いずれも短命であったことがわかる。伊賀上野の決闘が、いかにきびしいものであったかを、それは示している。

この止殺を刺す場面のあと作者は、数馬の負傷は十三カ所、うち、腕二カ所、左足一カ所、肋（あばら）一カ所、この四カ所は重傷だったと記し、又五郎の負傷は七カ所、うち頭一カ所、左腕一カ所、咽頭一カ所（止殺）、この三カ所が重傷だったと書く。これに対して、又右衛門は無疵（むきず）だった。

伊賀越仇討ちのあと、荒木又右衛門と渡部数馬はこの地域を統治する藤堂家に三カ年の間預けられる。やがて幕府の裁きが決着し、晴れて自由の身になって二人は駕籠（かご）にのせられて、ふように書く。

るさとに帰る日がくる。その寛永十五年六月、晴れがましい出立の日の状景を、作者はつぎの

残暑が酷しく、道路が白く照り輝いた。五年前、鍵屋ヶ辻で決勝したときは、寒きがうえに寒い冬だったのである。
上野城下は見物の人で、沿道の両側が人で盛りあがってみえた。
が、数馬は歓呼を聞くと、顔を伏せた。顔を他人にみられたくないのである。十三カ所の負傷は治ったが痕がありあり残っている。なかにも、顔のごとき、毎朝、面を洗う水に映るのが厭わしいほど、醜怪になっている。

仇討ちの顚末が、刀疵で切り裂かれた渡部数馬の「醜怪」な表情を大映しにすることで打ち止めされていることに注意しよう。このような場面が芝居や映画ではまず登場しないであろうことを、作者は知っていたはずである。この小説で展開されている仇討ちの現場を読みすすめていくうちに、右に引用した部分からもわかるように、作者はむしろ仇討ちという行為そのものの虚妄性をそこで浮かび上がらせようとしているようにみえる。目には目を、歯には歯を、の報復の行為が、どのようなむごたらしい結果をもたらすのか、長谷川伸はそのことの真実を明らかにしようとして筆をとっているようにさえみえてくるのである。

そのことを考えるうえで重要なのが、そこで作者が、江戸時代における仇討ちの法則といった問題をもちだしていることである。それはひとことで言うと、仇討ちは卑属が尊属のために実行する場合にかぎって許されるもので、逆に尊属が卑属のためにやってはならないものとされていたという法則である。つまり、主、父、兄のためにおこなう仇討ちはみとめられるけれども、子や弟のような卑属のための復讐はみとめられなかった。それは武士社会の掟としてかたく禁じられていたのである。武士の秩序を維持するためだったといっていいだろう。

ところが伊賀越えの仇討ちの場合は、その法則に抵触するものだった。なぜならそこでは兄の渡部数馬が、闇討ちにあった弟の源太夫（げんだゆう）のため仇の河合又五郎を討ちとることになっていたからだ。ただ当時、このようなご禁制のジレンマをのりこえるための便法として、上意討ち（じょういうち）という抜け道が用意されていた。荒木又右衛門と渡部数馬はこの便法を用いて報復の旅に出ることになったのである。もともと暗殺された弟の渡部源太夫は、岡山藩主、池田忠雄（ただかつ）に仕える美しい寵童（ちょうどう）だった。その藩主の命令すなわち「上意」を得てはじめて、兄・数馬による仇討が正式にみとめられたのである。禁じられた卑属のための復讐が正当化されたのである。だが、やがて藩主の池田忠雄は世を去り、この仇討ちは亡君の上意による仇討ちということになったのである。

尊属、卑属の別を設けて復讐の行為を規制し、さらに上意討ちの掟をつくって報復のむやみな拡大を抑えようとしたのだと考えることもできるだろう。前者の論理には「孝」を重視する観念がほのみえるし、後者の場合は「忠義」の倫理がもちこまれている。いわば「忠」「孝」の思想軸を導入することで、報復の連鎖や復讐の肥大化に二重のしばりをかけようとしているようにも映る。そしてその背後には当然のことながら目には目を、歯には歯を、という原初的で野性的な行動に何とか歯止めをかけようとする支配者側のつよい意志、あるいは苦心のあとをうかがうことができるのではないだろうか。

けれども、そのような二重の規制の上で実行された伊賀越えの仇討ちにおいても、その結果はあまりにも無残であった。刀傷のあとが残る渡部数馬の「醜怪」な顔の大映しによってこの小説が終幕を迎えているところにそのことが象徴的にあらわれているからである。

長谷川伸の『荒木又右衛門』はそのような仇討ちの現実を浮き彫りにすることで、人間の業としか言いようのない哀しい世界に光をあてようとしたのであろう。

北条時頼と「鉢の木」

昔、「鉢の木(はちのき)」という物語が教科書にのっていた。雪の降る夜、旅の僧が行き暮れて、あばら屋にたどりつく。一夜の宿を乞うと、中から出てきた主人に、食べものもままならないありさまだと、断られてしまう。仕方なく立ち去ろうとすると、妻のとりなしで呼び戻され、泊めてもらうことができた。夫婦は粟の飯をつくって出し、秘蔵していた「鉢の木」を囲炉裏にくべて暖をとり、もてなした。そういう話になっている。

もちろんこれには種明かしがつく。旅の僧はじつは鎌倉幕府の執権だった北条時頼で、その世を忍ぶ姿だった。これに対し宿の主人の方は、かつて幕府に仕えていた佐野源左衛門常世で、所領を一族に奪われ、いまは不遇をかこつ哀れな境涯にある。だが鎌倉に一大事が発生すれば、ただちに具足と長刀をとって駈けつけるつもりだと。

出会いの場所は上野国（群馬県）の佐野の渡り（高崎市郊外）、出家した時頼が最明寺入道と名乗り、信濃国から鎌倉に戻ろうとする途中の出来事だった。

北条時頼といえば、身を僧にやつして諸国を行脚する伝説が多く語られてきた。その代表的なものが謡曲の「鉢の木」であり、同じ話が「徒然草」や「増鏡」などにも出てくる。北条時頼の名が広く知られるようになったのは、おそらく謡曲の「鉢の木」の流布によってではないだろうか。そしてこのような時頼像の理想化がおこるようになるのが、室町時代の頃になってからだった。幕府で善政をほどこした「最明寺入道時頼」という名声が、しだいに人々の記憶に刻みつけられ、人口に膾炙するようになっていったのだ。

さて、その北条時頼の実像であるが、じつをいうと現役時代の彼はすさまじい戦いのなかで生きていた。文字通り血で血を洗う殺し合いの渦中にあった。そのはげしい権力闘争を生き抜いて、独裁者の地位にかけのぼっていったといっていい。

ここで時代の背景にふれておこう。

仁治三(一二四二)年、名宰相をうたわれた執権北条泰時が死ぬ。彼は承久の乱を鎮圧したときの指導者だった。承久の乱とは、後鳥羽上皇を中心とする朝廷側の勢力が倒幕の兵をおこし、これを迎え撃った幕府側が勝利して、後鳥羽をはじめとする三上皇を島流しにする、という争乱だった。

その北条泰時が死んだあと、新しい執権職は孫の経時の手に渡る。しかし彼は寛元四(一二四六)年三月、執権職を弟の時頼にゆずり、その一カ月後に二十五歳の若さで死去した。経時の死には暗殺の疑いがあり、その背後には政治的な陰謀が渦を巻いていた。

第一に、前将軍藤原頼経が経時によって将軍職を解任されても京都に帰らず、「大殿」として鎌倉にとどまっていた。もちろんこの時期、源頼朝、頼家、実朝はすでにこの世にいない。源家三代が滅んだあとは、京都の朝廷から将軍を迎え、地元の北条氏が政治の実権をにぎる体制ができ上っていた。その前将軍の藤原頼経が「大殿」として鎌倉に居座り、それを後押しして自己の野心をとげようとするグループが取り巻いていた。

それらの勢力が、経時や時頼にとっては叔父にあたる光時と、その弟の時幸などの名越氏一族だった。そして後藤氏や千葉氏らの評定衆、さらに問注所執事の三善氏までが同じ戦列についていた。

つけ加えていうと、右の名越氏の光時と時幸兄弟の父は朝時で、名執権といわれた泰時の弟である。朝時はその父義時から愛され、北条時政以来の由緒ある鎌倉・名越の屋敷に住んで、名越氏を名乗っていた。このように名越氏は北条一門のなかでも重きをなす名族だったのだ。

兄経時の死後、執権職をついだばかりの時頼は、前将軍の「大殿」とこの名越一族の隠然たる勢力を前にして早急に対策を立てなければならなかった。これら前将軍派の攻勢を事前に察知した時頼は、機先を制して名越氏を襲撃する。この先制攻撃は成功して、光時を出家させて伊豆に流し、その弟時幸を自殺に追いこんだ。返す刀で評定衆を解任し、「大殿」を京都に送還した。ときに時頼はわずか二十歳の若さであった。

ひとまず権力を掌握した時頼は、その翌年宝治元（一二四七）年になって再び攻勢にでる。評定衆だった三浦光村が頼経側に味方したことを理由に、これに戦いを挑む。光村は兄の泰村とともに時頼の術中にはまり、結局三浦一族の勢力五百余人はことごとく源頼朝の墓所があった法華堂で自殺してはてた。ときに六月五日、このときの戦いを宝治合戦という。

しかし時頼はまだ手をゆるめない。宝治合戦から間をおかずに、こんどは下総の豪族千葉秀胤を討ってこれを殺している。まさに電光石火の早業であるが、こうして三浦氏、千葉氏といった、幕府が樹立されて以来、一貫してその支柱だった最大の雄族を、時頼は大胆かつ細心の戦略行動によって絶滅することに成功したのである。

時頼は二十歳の若さで陰惨な政治と人間界の地獄を見てしまっている。見ただけではなかったであろう。みずからすすんでそのなかを生きてしまっていた。いくら武士社会のならいとはいえ、その凄惨なドラマの主人公の役割を真正面から演じてしまったのである。

そのとき彼は、政治家としての自分にはたして自信をもったのだろうか。権力者として向こうところ敵なしの傲岸（ごうがん）を身につけてしまったのだろうか。おそらくそうではなかったに違いない。

なぜなら、ひとりの人間としてこれをみるとき、まだ二十代にさしかかったばかりの青年時頼が、精神的に安定した場所にいたとはとても思えないからだ。多くの親族や一族を追放したり殺害したりした彼が、その一族や一門の怨念や亡霊に苦しめられなかったと考えることの方が難しいだろう。

現に彼は、執権職に十年在職したのち、三十歳の若さで出家している。病気を理由にしての引退だったが、しかし実際には政治の舞台のかげにあって幕政の最高指導者の地位を占め続ける。そして、それから七年間を生きて、三十七歳で死んだ。深い懺悔（ざんげ）の心と権力への未練が交錯する後半生だったのではないだろうか。

時頼が出家をしたのは禅宗に帰依し、その縁で得た禅僧の手びきによるものであった。とくに中国からやってきた蘭渓道隆（らんけいどうりゅう）や兀庵普寧（ごったんふねい）などの僧を迎えて、熱心に参禅している。また彼らのために建長寺などの寺を建ててもいる。時頼がその晩年においていかに禅に熱中したかは、『吾妻鏡（あずまかがみ）』にくわしく記されているのである。

時頼の出家後の後半生は、一族一門の怨霊や亡霊を鎮めるための追善供養に費されたのであろうと、私は推測する。自分が犯した罪の数々を償うために、そのけっして長くはなかった余生を送ったのではないか。小論の冒頭に掲げた、最明寺入道を主人公とする「鉢の木」伝承が語られるようになるのも、おそらくそのことと切り離しては考えることができない。

いま『吾妻鏡』のことにふれたけれども、この史料を読んでいくとその間のことがいっそうはっきりするだろう。『吾妻鏡』という作品は、政治家北条時頼の人間的な苦悩を裏側の方から浮き上らせるようなところがあるからだ。

『吾妻鏡』は前編と後編の二つに分けて編集されている。そのうえ、読めばわかるが、その文章の性格が前・後編でまったく異なっている。それがまことに不思議な光景にも映り、興味のあるところでもある。

前編は頼朝、頼家、実朝という源家三代にわたる鎌倉幕府の公式の政治記録である。それに対して後編は、頼経(よりつね)、頼嗣(よりつぐ)、宗尊(むねたか)親王という京都の皇孫、公卿(くぎょう)の血を導入した貴族三代にわたる将軍世代の記録になっている。

ところがこの前編と後編にあらわれる記述の仕方と内容がまるで違っているのである。その異質の文章を一つのタイトルでくくってしまっていいのかという疑問がわくほどだ。

前編は、広く政治、戦記、武士道に及ぶと同時に法制、風俗などの記述に力をそそぎ、全体として叙事的色彩に富み、文章も暢達(ちょうたつ)の趣きがうかがえる。

ところがこれが後編になると、にわかに儀式典礼に関する記述が多出するようになる。日録風といってもよく、無味乾燥な文章が続く。やたらと天変地異の発生に注意をはらい、その除祓を願う祭祀・祈祷のありさまが続出する。

その記述の背後からは、闇の底に沈澱している数かぎりない怨念の群が、われもわれもと声なき声を地上にとどろかせようとしているかのごとくである。そしてその無数の怨霊群の中央高いところに、根絶やしにされた源家三代の霊が重苦しくうずくまっている。

『吾妻鏡』後編の主題が、まさしく懺悔と鎮魂の表白におかれているということが嫌でもみえてくるのである。鎮まることなき怨霊を祭祀し、その受難の歳月を慰撫し、現世にあらわれる異象の消除を願う祈祷の巻でなければならなかったことがこれでわかるのである。前編が政治行動の叙事的再現をめざす巻だったとすれば、後編は怨霊の駆除を求める儀式典礼の書として構想されていたのだろう。そしてそのように考えるとき、この『吾妻鏡』の後編はその無味乾燥な記述の仮面をかなぐり捨てて、反って生々しい本音の素面を我々の前にさらけだすのである。

しかしもちろん、疑問もまたそこに発する。北条時頼は、『吾妻鏡』後編に展開されている儀礼や加持祈祷によって、はたして心の安定を得ることができたのだろうかという疑問である。禅僧の手びきによって参禅する、そのことではたしておのれの懺悔、滅罪のあかしと考えることができたのだろうか。

時頼の苦悩は、儀礼や祈祷に頼っているだけではどうにもならないほど深かったのではないだろか。

出家をして、旅に出る。

彼の前に、風雪に耐えて生きる自分の孤独な人生がみえていたのであろう。そしてそのような時頼の旅姿は、もしかすると独裁権力を握った者に対する、民衆の声にならない願望だったのかもしれない。

「鉢の木」といった伝承が語られるようになる背景も、そのようなところにあったのであろう。

支倉常長の船出

今からおよそ四百年前、太平洋を渡り、大西洋をこえて西欧世界に旅した武士がいた。支倉常長（はせくらつねなが）である。

彼は、奥州の伊達政宗の家臣だった。その主君の密命を帯び、小さな船で太平洋の波濤（はとう）をこえて出帆していった。

いま宮城県の石巻港に行くと、彼が乗ったサン・ファン・バウティスタ号が復元され、それを見学することができる。3・11の大津波にものみこまれることがなかった。

支倉常長が慶長十八（一六一三）年九月十五日に、宮城県牡鹿郡月の浦をメキシコに向けて出航したとき、国内ではキリシタン弾圧の嵐が吹き荒れようとしていた。そのことを彼はおそらく知っていたであろう。

出港した直後、幕府はキリシタン禁令を発布し、これを弾圧する大方針を内外に示している。明けて慶長十九（一六一四）年、キリシタン大名の高山右近が捕えられ、マニラに追放された。

常長の一行は総勢百八十人だった。彼とその従者二十名、それにフランシスコ会宣教師のルイス・ソテロが道案内と通訳を兼ねて参加している。そのほか幕府から出向した船手頭の向井将監とその家人、および各地から馳せ参じた商人たち、メキシコ大使ビスカイノとその部下の航海士や水夫、などから編成されていた。

この長途の旅は、慶長一八年から元和六（一六二〇）年まで七年にわたっている。月の浦からメキシコのアカプルコまで三カ月の太平洋横断、メキシコでの滞在期間が五カ月、そのあと大西洋をわたってセビリアまで五カ月を要し、スペインに十カ月居てローマへ。そのローマを去って再びスペインにもどり、そこで二年を費やしている。こうしてメキシコ経由でマニラ、長崎に帰ってくるまで丸三年の時日が経過している。

そのような大役をまかせるのに、なぜ常長が選ばれたのか。彼は柴田郡支倉村を領地とする、六百石取りの中級武士だった。親衛隊の鉄砲隊長もつとめていたというから、当時の近代戦を知っていたことになる。そのうえ文禄元（一五九二）年の朝鮮役に参戦している。当時の国際情勢にも通じていたといえるかもしれない。

伊達政宗は、幕府の対外政策が「鎖国」へと大きく転換しようとするとき、いったいどういう意図で使節の派遣を思いついたのか。家康と政宗の関係ははたしてどうだったのか。

判断するのが難しいところだが、当時、幕府はスペインとの関係を改善しようと考えていた。この幕府の希望につけこんだのが、先にふれたフランシスコ会宣教師のルイス・ソテロだった。やがて彼は、政宗にもメキシコ貿易の意向があることを知る。ただちに政宗と幕府のあいだを取りもって、使節の派遣へとことを運んだのではないか。

メキシコに到着した頃、京都ではキリシタン寺二カ所が焼かれ、七条河原では七十人のキリシタンが処刑された。その報がスペイン本国経由でメキシコ副王のもとに届けられていた。事態は、スペインにたどり着いてからでも変わりはなかった。

ただが常長は慶長二〇（一六一五）年の一月三十日になって、ようやくマドリードの王宮でスペイン国王フェリペ三世に謁見することができた。この時国王に手渡された政宗の親書には、こう書かれていた。自分の領内からはスペインの敵国であるイギリスとオランダを排除するから、すみやかに通商条約を結ばれたい、と。

しかし、スペインとの軍事同盟にまで踏みこもうとしたこの提案は無視される。使節一行は政宗が望んだ通商使節としてではなく、単なる宗教使節と位置づけられ、儀礼的に扱われるようになっていく（大泉光一『支倉常長──慶長遣欧使節の悲劇』中公新書、八七〜一〇〇頁）。

交渉は難航を重ねた。使節一行の焦燥がつのる。そのような行きづまり状況のなかで、常長の受洗がおこなわれたのである。慶長二〇年二月十七日、すでに四十四歳になっていた。ところはマドリードの王立跣足会女子修道院付属教会で、その場には国王陛下のほかフランス王妃、二人の王女、多くのスペインの高位の人々、爵位をもった貴族たちが臨席したという。

このときの常長の「入信」の動機をどうみるかは微妙な問題である。その真意をはかることは難しいかもしれない。通商交渉をはかどらせるための偽装受洗、とみることができないわけではないからだ。あるいは、切羽つまったはての心理的逃避だったのか。

通商交渉の前途に暗雲がただようなか、彼の心はしだいにキリスト教に傾いていったのかもしれない。祖国を離れてからすでに一年半、孤愁の思いがこみあげてくる時期である。だがそれにしてもキリスト教への入信は、武士の魂をまったく新しい神の前に売りわたすことを意味しなかっただろうか。これは、常長自身にとってもつかみかねるような内面的なドラマだったに違いない。いずれにしろその心は右に左に大きく揺れていただろう。そうこうしているうちに、決意が固まらないまま洗礼式に臨んだのかもしれない。

もっとも、このときの常長の心の内を推しはかる資料がないわけではない。たとえば、ローマのボルケーゼ家に所蔵されている肖像画などは逸することができない。彼の肖像画はいくつか残されているが、そのなかには着物に陣羽織をつけ、両刀をさしているのがある。頭はきれいに調髪され、口ひげを蓄えている。スペイン風のガウンをまといロザリオを手にしているのもある。そして小さな十字架にかかっているイエス・キリストを、やや上目づかいに拝んでいる。

当時の関係者の書簡に、常長の容貌の特徴を記したものがある。それによると、他の日本人の随員と同様に背が低く、顔色は悪く、げっそり痩せていたという。鼻は低いが鼻孔は大きく、眼は小さく落ちくぼんでいたと書かれている。肖像画と照らし合せて、そういう特徴がみられないではない。頬がこけ、憔悴（しょうすい）した気配がうかがえるが、しかし意志の力で立ち直ろうとする緊急感が伝わってくる。

だが、それにもまして私の目を釘づけにするのが、その哀しげな眼差しである。固く引きしめられた口元とは対照的に、十字架上のキリストに注がれている彼の瞳孔には深い悲哀の光が宿っているからだ。ロザリオをはさみもっている両手も心なしか震えている。それはけっして入信することで得た安心の気持ちを映しだすようなものではない。むしろ入信するか、しないかで思い惑っているようにみえるのである。

日本の国内では、キリシタン追放の風圧がしだいに強められていた。それは宣教師たちの報告を通して、刻々とローマ、そしてスペインへと伝えられていた。ヨーロッパのキリスト教世界の重苦しい空気が、しだいに常長やソテロたちの肩にのしかかっていく。自分たちがかならずしも歓迎されざる東洋からの客であることを、真綿で首を締めつけられるように思い知らされていったのである。

その支倉常長の内面の葛藤を主題にして『侍』という小説を書いたのが遠藤周作だった（新潮社、昭和五五〈一九八〇〉年）。のちになって氏は、自身の戦後における留学体験を支倉に投影してその小説を書きあげたと言っている。小説の主人公の名は「長谷倉（はせくら）」であるが、彼のマドリードにおける洗礼の場面を書くとき、自分の十一歳のときの洗礼体験が土台になっていた、ともつけ加えている。

『侍』という作品のなかで、やはり印象的なのは、主人公の長谷倉が「切支丹（キリシタン）」になるかならないかで悩み苦しむ場面である。新しい神に直面したときに発する武士の魂の、うめくようなつぶやきの声である。

切支丹になることは谷戸（長谷倉のふるさと）を裏切ることである。谷戸はそこで生きている者だけの世界ではない。生きている者たちすべての祖先や血縁がそこでひそかに見守っている。侍の死んだ父も祖父も長谷倉の家がある限り谷戸から離れる筈はない。それら死者たちは侍が切支丹になることを許す筈はない。

（同書、二四二頁）

だが侍の心には、すこしずつ小さな谷戸の世界にあらがいたい気持ちがきざしていた。谷戸の家の囲炉裏のそばにうずくまっているきびしい叔父の姿、そして御評定所の御指図——それら動かぬものとして与えられた運命に逆らいたい感情が胸元をつきあげてくる。侍は自分が、ただ形ばかりで切支丹になったと思い続けている。しかし、やがて背後から自分の背中を撃ってきた「御政道」の何たるかを思い知らされて以来、ときおり「あの男」のことを考えるようになっていた。

あのみすぼらしい、痩せた、醜い男イエスのことだ。生涯をみじめな姿で過ごし、みじめな者の心を承知し、みすぼらしく死んでいった男、みすぼらしく死ぬ者の悲しみを知っていた男……。遠藤周作の年来のテーマである。それが長谷倉という「侍」の独白を通しても語られているのである。

スペインをあとにマニラ、長崎を経て故郷の谷戸に帰ったとき、遠藤周作の描く「侍」は裁きの庭に立たされ、哀れな姿で役人に引き立てられていく。その主人公の後ろ姿にむかって、苦難をともにしてきた使用人の与蔵が声を引きしぼるようにして言う。

「ここからは……あの方がお供されます」
「ここからは……あの方が、お仕えなされます」
侍はたちどまり、ふりかえって大きくうなずいた。そして黒光りするつめたい廊下を、彼の旅の終りに向かって進んでいった。
（前掲書、四〇五頁）

印象的な幕切れである。だがはたして実際のところはどうだったのか。それはわからないが、この支倉一行の旅から二五〇年余の歳月をへだてて、明治四（一八七一）年に「岩倉遣欧使節」が同じように海を渡って西欧世界に旅している。そのなかにはかつての「侍」の後裔たちも混じっていたが、常長と同じような体験をした人間がそこにもいたのではないだろうか。

藤原道長の浄土

藤原道長（九六六～一〇二七）ほど人気のない政治家も、ちょっと珍しいのではないか。彼のやった仕事は、評価は別としても、ほとんど源頼朝や徳川家康がやったそれに匹敵するはずだからである。

もっとも徳川家康にしても大衆的な人気があるとはとてもいえないだろうが、この家康に比べても、道長の評判はその認知度とともに芳しいとはいえない。

経歴をざっと追うだけでもいささかびっくりするというか、むしろうんざりするほどだ。平安中期の公卿で、摂政、左大臣、太政大臣、従一位にのぼりつめ、藤原氏の全盛時代を築いている。たくさんの子女をもうけたが、驚くべきことに娘の彰子、妍子、威子、嬉子、盛子を次々に入内させ、三代にわたる天皇の外戚になっている。独裁政権の頂点に坐ることができたとき、

この世をばわが世とぞ思ふ望月の かけたることもなしとおもへば

という和歌をつくっているほどだ。

このとき五十三歳になっていた。まさにこの世の栄華の盛り、天皇も東宮もすべて身内の外孫でかためていた。だがそんな道長の姿は、とにかく「判官びいき」のきついわが国にあっては誰にとっても見たくもない光景だったのだろう。人気の高い源義経などとは対極に立つ人間とされてきた。

当時の宮廷社会では、病気や神経不安、そして難産で苦しむような場合、よく加持祈祷がおこなわれていた。由緒ある寺から高名な密教僧を招いて治療にあたらせている。不動明王などの像を祀り、願文や陀羅尼を唱えて、ものの怪や邪気をはらう。こんにち風にいえばさしずめ「悪霊ばらい」というのだろう。

道長の最愛の娘、彰子が一条天皇の中宮になり、最初の出産を迎えたのが寛弘五（一〇〇八）年である。彰子は八月になって父道長が住む土御門邸に退り、九月十一日に無事、皇子の敦成親王（のちの後一条天皇）を分娩した。

そのときの模様が『紫式部日記』の冒頭に出てくる。紫式部は言うまでもなく『源氏物語』の作者であるが、当時道長に頼まれて、彰子の家庭教師のような仕事をしていたらしい。ここではそのことに深入りはしないが、とにかくこのときの中宮のお産は難渋を極めた。それで多くの加持僧が呼ばれ、ものの怪を退散する大仕掛の祈祷がおこなわれている。むろん病原体（もののの怪）を追いはらうための儀礼であったが、同時に次代の王位につくべき皇子の出生を祈願するためでもあった。

『紫式部日記』によると、彰子の安産を祈る呪願文を書いたのが道長であり、それを読みあげたのが加持僧の院源僧都（いんげんそうず）だった。道長自身もそれに唱和し、祈念を重ね、それからまもなくして皇子が誕生している。その前後の事情が『栄花物語』（巻八）でもだいたいその通りに記されている。その点で『紫式部日記』と『栄花物語』のあいだに違いはみられない。

だがその後、『栄花物語』においてしだいにクローズアップされる道長の立居振舞いには、微妙な変化があらわれる。彼の人間性をかいま見せる影が、すこしずつあらわれるようになるからだ。

道長は『御堂関白記（みどうかんぱくき）』を残したが、それをみると彼の剛胆な性格がわかる。その反面、病身でもあったようだ。それというのも身体が不調になるたびに仏や神の加護を祈り、験者（げんじゃ）（治療師）を呼んで加持祈祷をさせる一方、陰陽師（おんみょうじ）を招いて卜占（ぼくせん）をさせていたからだ。たとえば『栄花物語』巻七「とりべ野」や巻十五「うたがひ」の章をみれば、そのことがわかる。また、家族が病気にかかったりすると、たちまち彼の出番になる。率先して加持祈祷の必要を説くのが道長であり、自分から儀礼執行の指揮にあたっているのである。

嫡男の頼通（よりみち）が風病（ふうびょう）にかかったときのことが、巻十二「たまのむらぎく」に出てくる。風邪を悪化させたのだろう。このとき五壇の御修法によってものの怪が駆り出されている。五壇というのは不動明王を中心とする五大明王を飾る壇のこと。その前でやる祈祷を御修法という。病人のそば近くに女房（下級の女官）がひかえ、病人にとり憑いているものの怪をその身に引き受ける。いわば身代りの受け皿だ。こんにちの不妊治療でいうと、さしずめ「代理母」ということになるだろうか。このようにものの怪を転移させることを駆り移しともいう。悪霊ばらいの基本的な作法である。その病気治しの儀礼の一切をとりしきったのが道長だった。

むろん頼通の場合だけではない。姉の詮子（円融天皇の皇后）や妹の寛子（小一条院女御）が病悩に襲われたときも、同じ御修法がおこなわれている。同じ娘の嬉子（後朱雀院登花殿尚侍）や妍子（三条天皇の皇后）の場合も同様だった。

このようにみてくると、いかにも子煩悩な父親のイメージが浮かんでくるだろう。けれども道長の方にも、ひそかな下心のようなものがないではなかった。それが自分もその祈祷僧を演じてやろうという野心である。茶目っ気のような好奇心といってもいい。なぜなら彼は娘の威子（後一条天皇中宮）がお産で苦しんでいるとき、気分がすぐれないにもかかわらず、自分から密教の印を結び、陀羅尼を唱えて護身の法をおこなっているからである（巻二十八）。また、先にふれた娘の妍子にものの怪があらわれたときも、三、四壇の御修法をとりしきり、加持僧の仁海僧都や蓮昭阿闍梨にもそれをおこなわせるとともに、自分でも護身法をつとめている。

道長はかねてから自分にも験力がそなわっていると思いこんでいたのである。加持看病僧としての自負といってもいいだろう。一人の阿闍梨として、ものの怪や怨霊に対抗する呪師（しゅし）たらんとしていたのかもしれない。さらに想像をたくましくすれば、道長は、家族にとり憑いた病原体をとりのぞくように、みずから頼む加持祈祷の威力によって政敵をも倒すことができると考えていたに違いない。道長の栄華は、そのような儀礼手続きをかぎりなく積み重ねていくなかで、しだいにふみかためられていったのではないだろうか。

だが、その栄華の輝きにも、やがて影がさすときがくる。死の訪れである。『栄花物語』巻三十一「つるのはやし」に、道長の最期が語られている。

「つるのはやし」は鶴林のこと。釈迦（しゃか）が涅槃（ねはん）を迎えたとき、クシナガラ城外に茂る沙羅双樹（さらそうじゅ）が悲しみのため鶴の羽のように白く変わりはてたという故事に由来する。栄華の頂上を極めた道長が臨終を迎える場面である。

が、このとき彼は、意外な遺言を残している。加持祈祷の呪験力に自信をもつ人間とも思えないような告白をもらしているのだ。

「死にゆく自分を哀れと思う者は、どうか祈祷などして、こんどの病いを治そうという気持をおこさないでほしい。祈祷をすれば、自分は三悪道に堕（お）ちることになる。自分が望むのは、ただ念仏を聞いて極楽に往生することだけだ」

ここには、それまでの振舞いとはまったく異なった別人のような道長がいる。自分の子ども達のため、あれほど加持祈祷に意を用いた男が、突然、身をひるがえしている。自分の臨終に加持も祈祷もあるものかといいきっているのだ。

病床につめかけた者たちは驚いたに違いない。日頃の言動とのあまりの違いに天を仰ぐような気持ちになったのではないか。おそらくそのためであろう。そんなことを口走るのは、ものの怪がいわせているからだという者さえいた。

けれども道長は、ものの怪にとり憑かれて一時的に乱心したわけではなかった。なぜなら彼は、その最後の言葉を言い残したあと、三時念仏、不断念仏、臨終念仏と続く、御堂（みどう）を圧するような唱和の交響のなかで息を引きとっているからである。頭を北枕に、顔を西に向けて臥（ふ）していた。枕元にしつらえられた阿弥陀如来像の御手（みて）から引いた五色の糸を両手にとって逝ったのである。

その死の作法について、彼に迷いはなかった。この頃すでに比叡山にいる源信（げんしん）は『往生要集』を書き、その巻末に印象深い臨終の作法について論じていた。それを道長はそっくりそのまま自分の場合にうけ入れようとしていたことがわかるのである。死ぬときは、源信流で、と思い定めていたのであろう。

そういえば道長は、この源信をひそかに尊敬していたようだ。彼の日記『御堂関白記』によると、寛弘元（一〇〇四）年、源信を二度ほど自邸に招こうとしているからだ。その招待を源信が受けたかどうかはよくわからないが、少なくとも道長が源信に関心を寄せていたらしいことは伝わってくる。死の不安におののく道長の意識に、源信の言葉が忍び寄りはじめていたのだろう。

それでは道長は、その最期の場面で、密教の加持祈祷を頭からさばさばと否定しているのだろうか。難しいところだが、おそらくそうではあるまいと思う。本当のところをいえば、病む人間が生き返る可能性のあるうちは加持祈祷に頼り、その可能性がなくなれば念仏のほかに頼るべきものはない、と考えていたのではないだろうか。病気治療は加持祈祷、それに対して死ぬ作法は念仏、と考えていたのだろうと私は思う。

時代は浄土教の信仰へとしだいに傾きはじめていた。死の思想がじわじわと社会の表面に姿をあらわしていたのである。栄華の物語がいつしか滅びの物語を招き寄せている。道長はその地殻変動の予兆のようなものを死の床で感じとっていたはずだ。

王朝時代の輝きには、たしかに密教の極彩色(ごくさいしき)が美しく隈取っていた。けれどもその華やかな画面には、うす墨を流したような浄土教の影がしだいにひろがりはじめていたのである。

高浜虚子と柿二つ

敗戦直後の昭和二一（一九四六）年のことだった。桑原武夫の「第二芸術論」が発表されて、大きな話題になった。俳句の芸術性を疑って、それは「第二芸術」にすぎないと論じたからだった。

この「第二芸術論」で当時の俳壇が大騒ぎになったとき、高浜虚子（一八七四〜一九五九）だけはすこしも動ずる気配がなかった。俳句は第二芸術でも第三芸術でもいっこうにかまわない。俳句には独自の世界がある。それを信じてこれからもつくり続けていくだけだ――そう主張して、すこしも悪びれるところがなかった。

こんにちの目から眺めれば、この虚子の自信がその後の俳句の命運を予見していたといっていいだろう。

世間や世評にまどわされない、剛直な虚子がそこにいる。

高浜虚子の師匠だった正岡子規は明治三五（一九〇二）年に病没している。その後も虚子は師のあとを継いで『ホトトギス』の編集・発行に力を注いでいたが、明治四一（一九〇八）年になって国民新聞社に入った。文芸欄を創設して新境地を開こうとしたが、しかし肝心の『ホトトギス』の売れ行きが落ちたので、新聞社の方はやめ、再び古巣にもどった。明治四三（一九一〇）年のことだ。

その前後の頃、虚子の次女・立子と次男の友次郎が次々と風邪をこじらせて肺炎にかかり、三女の宵子までが急性肺炎にかかるという騒ぎがおこり、虚子は暖かい鎌倉への移住を決意する。

鎌倉に移った翌年の夏だった。由比ケ浜に赤潮が襲来し、大量の魚が死んで海面に浮かび上った。虚子はその状況を見ようと子どもや家族づれで見物にでかける。たまたま拾ってきて育てていたおとなしいメス犬もついてきた。すると、波打際にしだいにふくれ上っていた群衆のなかから一匹の精悍（せいかん）な犬が飛びでてきて、虚子の家の犬を威嚇し海中に追いやった。

弱い自分の家の犬が沖へ泳いで逃げていく。それを追って強そうな犬がもう一匹追っていく。そのなりゆきをみていた虚子は、にわかに尻をからげて海中に人っていった。手にしたステッキで敵の犬を打擲（ちょうちゃく）し、追いはらおうとする。「私」の犬は陸に泳ぎ帰ろうとするのであるが、「敵」の犬は巧みにそれを遮断して追跡の手をゆるめない。虚子はいつの間にか腰の上まで潮につかってステッキをふりあげるのであるが、その犬は恐ろしい目をして自分の方をにらみ、陸の方へ逃げ帰ろうとする自分の犬を遮断する。

そんなことを何度かくり返しているうちに、私の犬はスキをみつけて、やっと陸の方に泳ぎつくことができた。それに続けて虚子はつぎのように書いている。

敵の犬は私の犬が潮水を吐きながら砂にまみれて逃げてゆくのを見送り、あまり追撃もせず、そのまま群衆の中に紛れこんでゆきました。この時私はふと気がつきますと、海岸に長く陣を敷いたやうに立ってをる群衆が、皆一せいに私の方を見て笑ってゐるのでありました。犬二匹と私のほかは何物もない。たゞ赤潮がひた〱と波打ってをる海中にあって、運動神経の鈍い私が、杖を振り上げて一匹の犬と格闘してをったのが、人々の良い観せ物になってをったといふことを知って、俄に恥づかしいやうな心持がいたしました。さうして殆ど着物全体を水浸しにして、しょぼ〱と砂浜に上ってくる私を、家人や子供は恥づかしさうに見てをりました。群衆の中から菅忠雄が出てきて、何か慰めの言葉を投げかけてくれましたが、私はそれにもろ〱答へずに家に帰ってきました。しかし私はそのことについて後悔はしませんでした。

（『定本 高浜虚子全集』第一三巻、毎日新聞社〈一九七三―七五年〉、一六八―一六九頁）

この話は「虚子自伝」の中に出てくるが、よほど忘れ難い思い出だったのであろう。いや、思い出などという生易しいものではなかったのかもしれない。

「敵の犬」と「私の犬」という対比の仕方が何とも妙である。まるで自分の分身のような「私の犬」を守るために、虚子は赤潮で汚れた海のなかに敢然（かんぜん）と入っていく。「敵の犬」を打ちすえ、「私の犬」の苦境を助けるために……。自分の方をいっせいにみて笑っている群衆の視線にさらされたまま、虚子は「敵の犬」と海のなかで格闘している。人々のいい「観せ物」になっていたことを知って、虚子は恥ずかしい思いをするが、しかしけっして「後海」はしなかったと書いている。家人や子ども達の恥ずかし気な様子や知人の慰めの言葉に接しても、彼は後悔はしなかったとその思いを述べている。

我執の人、虚子が、そこにいる、剛直の人、といってもいい。「敵の犬」を打擲し、「私の犬」をどこまでも守ろうとする虚子の激しい執念が立ちのぼってくる。敵と味方に対する虚子の決然たる身の処し方が圧倒的だ。虚子は、文芸の上でも世間とのつき合いの上でも、そういう身の処し方をつらぬく人だった。

虚子は明治七(一八七四)年、松山に生まれた。本名を池内清（いけうちきよし）といった。伊予尋常中学に在学中、同級生の河東碧梧桐（かわひがしへきごとう）を介して正岡子規を知る。やがて俳句を通して子規に師事するようになった。故郷を出て京都の三高に入るが、さらに仙台の二高に転じたあとで中退してしまう。上京して俳句をつくり、小説を書こうと志を立てたからだった。師の子規も一高を退学して俳句の道に進んでいた。

才能を子規に認められて後継者に擬せられたのが、その頃だ。彼はこれを頑強にことわったが、思い定めたら師であれ何であれテコでも動かぬ虚子という人間が、すでにそこにも顔を出している。

虚子は明治三〇（一八九七）年、大畠（おおはた）いとと結婚、同三一（一八九八）年三月に長女の真砂子が生れた。生計を立てる必要に迫られ、松山で出されていた雑誌『ホトトギス』の発行を、子規の協力を得て東京で引き継ぐことになる。明治三十一年十月のことだった。このとき虚子は故郷の長兄から若干の資本を出してもらっている。

それからの数年間が、いわば虚子が俳人虚子になるまでの苦闘となった。子規の病いがだんだん重くなり、虚子も病気をくり返す。金繰りがとどこおり、『ホトトギス』以外の俳書の出版にも手を出すが、残本をつくってしまう。長男が生れ、家計がいよいよ苦しくなり、借金をする。おまけに周辺の仲間たちからは、虚子は商売熱心なあまり俳句がまずくなった、という批難が投げつけられる。師の子規までが、『病牀六尺』や『仰臥漫録』のなかであてこする。

前半生の受難の時期だったといっていいだろう。しかし虚子は、それでも自分の居場所にじっと踏みとどまったまま一歩も動かなかった。我慢の人、虚子の真面目（しんめんぼく）である。自分の家の犬を守るために杖をふりあげ、もう一匹の犬と格闘したときの虚子のふるまいが思いだされる。

それでは虚子は、師の子規の日常をどのような目でみていたのか。それが彼の自伝的な小説である『柿二つ』のなかに描かれている。この師弟のあいだの、にらみ合いといってもいいような関係である。子規の食欲は、病床に仰臥（ぎょうが）したままであっても旺盛を極めた。その生々しい場面をじっとみつめている虚子……。

子規の人生の大半は、知られているように年来の結核とカリエスによって悲惨を極めた。それでも食欲だけは衰えをみせず、肉料理であれ魚料理であれ見境がなかった。とりわけ柿が大好物だった。柿に対する異常な嗜好といっていい。それがさきの虚子の『柿二つ』に出てくる。

柿好きの子規のことを知っている禅僧が、それを彼の枕頭にとどけたのである。

彼（子規のこと）は楽しげに盆の上の柿を見遣った。柿の赤い色は媚びるやうに輝いてゐた。抑へてゐた彼の食欲は猛然として振ひ起った。彼は餓ゑた虎が残忍な眼を光らせて兎を摑むやうに忽ち其柿の一つを取上げて皮をむき始めた。

……

其一つを取って其皮をむくより早く忽ち其に武者振りついたのであったが、もう大方食ひ尽して蔕（へた）の所に達した時に少し顔を顰めた。其は稍渋かったのであった。……

虚子の筆は、柿に食らいついて餓鬼のように貪る子規の姿をとらえて放さない。虚子にとって子規はかけがえのない師であった。弟子は師の看護のため懸命に奔走する。しかし弟子は一方で自分の領分を守ったまま一歩も譲らず、師と格闘している。

最後に、苦しみ抜いて子規が死ぬ。介護のため宿直をしていてそれを知らされた虚子（作中ではK）は、ものにはじかれたように下駄を突っかけて、表に出た。

十七夜の月は最前よりも一層冴え渡ってゐた。Kは其時大空を仰いで何物かゞ其処に動いてゐるやうな心持がした。今迄人間として形容の出来無い迄苦痛を嘗めてゐた彼がもう神とか仏とか名の附くものになって風の如く軽く自在に今大空に騰りつゝあるのではないかといふやうな心持がした。恐ろしいやうな尊いやうな心持がしてぢっと其ものゝ動くあたりを凝視した。

（同右、第六巻、二一四頁、三八三頁）

『柿二つ』はそういう場面を描いて終わる。そこには和解のときが満ちていた。K（虚子）と主人（子規）のあいだの和解である。形容することのできない苦痛をなめていた師は、もう神とか仏のようなものになって、大空を自在に駈けている。

晩年になって虚子は、つぎの一首をつくった。

虚子一人銀河と共に西へ行く

昭和二四（一九四九）年の作だ。時をほぼ半世紀巻きもどして、子規がこの世を去ったときにこの句を重ねれば、

子規一人銀河と共に西へ行く

とうたってもよかったのではないだろうか。

アルツハイマー病の告白

一九九四年十一月のことだった。元アメリカ大統領のレーガンさんが、知人への書簡のなかで「私はアルツハイマー病にかかっている」と語った。このニュースが報じられたとき、元大統領の勇気が話題になった。「今、私は人生の落日への旅に出る」と言っていたのも、人々の心を打った。

そのとき元大統領の伝記作者のエドムンド・モリス氏が雑誌『ニューヨーカー』に寄稿していた言葉を忘れることはできない。「上品な話しぶりは今まで通りだが、私は彼に別れを告げることにした」と。

長年のあいだレーガンとつき合ってきたモリス氏は、なぜこの大事な友人に別れを告げることにした、などと言ったのだろうか。レーガンの話しぶりはまだ上品さを保っているけれども、しかし相手が誰であるかがわからなくなってしまった以上、別れを告げて去るほかないではないか、と書いていたのである。

レーガンという友人が生きながら一個の人格であることをやめたとき、その人間との交流を打ち切り、告別するといっているわけだ。それは親しい友人であるからこそ許された、苦渋の選択だったのだろう。悲哀のなかの別れであったに違いない。

だが私は、それでもなおこの「告別」という言葉の前で思わず立ちどまる。自分がもしもガンやアルツハイマー病になったら、いったいどうするだろう。おそらく告白や告知や告別といった言葉の群れからは、できるだけ遠くに逃げだしたいと思うに違いない。けれどもその得体のしれない言葉の群れからはたして逃げおおせることができるのか。さんざん逃げまわったあげくに、「告知」の一撃をくらってそのままのびてしまうかもしれない。

我々の伝統的な社会では、アルツハイマー病のような病いをこれまでただ簡単に「ぼけ」と呼び慣わしていた。なんとなくぼやけた表現ではあるが、原因不明の不気味な病いを言いあらわすには、このとぼけたような言い方が私は好きだった。その方がささやかではあるが、多少の救いにはなると思っていたのだ。

アルツハイマー病にはなりたくないが、「ぼけ」の仲間入りをするということならあきらめもつく。そのためであろうか。我々の社会では、それこそ「ぼけ」を告白するなんていう習慣はなかった。それに代ってしばしば耳にし、目にもするのが「ぼけ封じ」という言い方だったのではないか。

ちょっと旅に出ると、いつ頃からはじまったのかはわからないが、人々の集まる観光地や霊場には、ぼけ封じの効能をうたったお寺が目につくようになった。それと並んで、抜かりなくガン封じの宣伝もやっている。

封じるというのは、手も足も出ないように押えこんでしまうということなのだろう。そんなことができるのかどうかわからないが、とにかく横綱白鵬が小兵(こひょう)の力士をつかまえ押えこんで、そのまま土俵際にもっていくようなイメージがわく。誰が言いだしたのか、ぼけ封じ、ガン封じとはうまいことを言ったものだ。

そこへいくと、レーガン元大統領の「告白」にはどこか緊張感が漂っている。アルツハイマー病という難病に直面し、心のうちに生じた葛藤をそのまま公表するというのであるから、当然である。レーガンさんはまずそのことを決断し、清水(きよみず)の舞台から飛び下りるような気持ちで告白したのだろう。

アルツハイマー病の告白というやり方には、どこか神の前で罪を告白する人間の姿が透けてみえる。神の前で罪を懺悔する人間の、緊張と葛藤にみたされたイメージが浮かびあがってくる。

レーガンさんがそのようなことを意識していたかどうかは、もちろんわからない。しかし少なくとも元大統領の告白を勇気ある行動と受けとった多くのアメリカ人にとって、それは自分の罪を赤裸々に告白する人間のような、健気な潔さと映ったのではないだろうか。

アルツハイマー病の告白ということで私が思いだすのが、ガンの告知ということだ。この言葉はすでにわが国でも市民権を得ているようにみえるけれども、ほんとうにそうだろうか。

私自身のこととしていえば、そのような事態に立ちいたったときは告知してもらっても告知してもらわなくても、どちらでもかまわないと思っている。そのこと自体にはあまりこだわっていないつもりなのだが、しかし「告知」という言葉だけはどうしても好きになれない。

告知ということでまず頭に浮かんでくるのが、例の「受胎告知」の物語である。『聖書』にでてくる有名な話だ。たくさんのキリスト教絵画でも描かれている。マリアが大天使ガブリエルによって神の子を産むことを告げられ、それをその通りに受け入れる。天上から下される告知を、地上の女が無心に受容する。

天上からきこえてくる声は、いわば変更の余地のない真実の声であるに違いない。そこには神の意志がはたらいており、地上の女はその声に逆らうことを許されない。告知という言葉のもっている厳しい響きといってよいだろう。

もっとも日本の宗教伝統にも、カミの託宣（たくせん）という言い方はあった。キリスト教の流儀で言い直せば、これは神による告知と言い換えてもいいかもしれない。けれどもこのカミの託宣という言い方のなかには、告知という言葉がもっている容赦のない厳しさはあまりみられない。なぜなら我々は、しばしばこのカミの託宣を、権威のない上位者の単なるお説教、すなわち「ご託宣」として軽侮し、茶化してしまう心理を同時に養い育ててきたからである。

「ガン告知」という言葉がこの国に上陸してきたとき、なぜ我々はそれを「ガン託宣」、「ガンのご託宣」といった言葉で置きかえてみようとしなかったのだろうか。「アルツハイマー病」や「ガン」の進出に対抗して「ぼけ封じ」とか「ガン封じ」という言葉を発明したように、どうして「ガン託宣」という言葉を使わなかったのだろうか。

その理由はよくわからない。だがガン告知という問題がわが国でひろく賛否両論をまきおこしてきた状況をみると、この言葉がなかなか定着しないでいることがよくわかる。「ガン告知」の現実は、「受胎告知」の物語のようには、かならずしもこの国の風土に受け入れられてはいないのである。

これも、一九九四年の秋のことだった。

フランス大統領のミッテランさんが、あと半年の余命と告知されたという話が新聞で伝えられた。病気の状態がよほど悪化していたのだろう。

その老大統領が翌年になって、九十三歳になっている老哲学者ギトン氏と会って、つぎのような問答を交わしたという。

ミッテラン　「死とは何か、死後の世界はありや否や」

ギトン　「死には二種類の死がある。王の死と兵士の死の二つである。兵士の死は仲間に囲まれた死であるが、王の死は全き孤独の中の死である」

老哲学者は大統領にむかって、全き孤独のなかの死を覚悟せよ、と返答したのであろう。ミッテランさんはその答えをはたして肯定したのであろうか。

フランスの大統領が自分の死を予感して、哲学者の言葉をきこうとしたことに私はなるほどと思った。さらにいえば、人生の最後の問いを宗教家には向けずに、哲学者にたいして投げつけたことを面白いと思う。

これに対して日本の王や首相は、その最後の場面ではたして哲学者のもとに赴くであろうか。ミッテランさんがギトン氏と交わしたような問答を、はたして交わすであろうか。今のところ、私にはそのような場面を想像することができない。

今、はしなくも思いおこすのは昭和天皇の死であるが、気がついたとき天皇の最期を看取っていたのは医師であった。その医師が天皇の最期を看取る以前に、天皇が医師に向かって「死とは何か」の問いを発したというようなことは聞いたことがなかった。はじめから、そのようなことは起こりようがないと思っていたからかもしれない。

日本の首相の場合はどうであろうか。日本の首相が政治の危機や人生の終末に際して、宗教家の門を叩くというようなことは、ときどき耳にしてきた。しかしながらミッテラン大統領のように哲学者に教えを乞うたといったような話は、ついぞ聞いたことがない。日本の首相や元首相が死を迎える場面で前景にでてくるのは、田中角栄元首相の場合がそうであったようにいつでも医師であった。

ひょっとするとわが国においては、そのような哲学的な問いははじめから喪われていたのかもしれない。哲学的な問いに対する尊重の念が薄かったといってもいい。それに対して傍若無人に影響力を行使してきたのが、いつでも医学的な「解答」であったようだ。その医学の現場から発せられる「告知」という言葉が、哲学的な「死」の問いから遊離して幅をきかせてきたのである。

先のレーガンさんの場合についても、同じようなことがいえるだろう。彼の友人である伝記作家が最後に告白した言葉が甦る。レーガンという友人が生きながら一個の人格であることをやめたとき、その人間との人間的な交流を打ち切り、告別する、と告白していたからだ。その言葉の背後には、「一個の人格」という一切の感傷を排した哲学的な命題が重大な問いとして横たわっていたのである。

我々はそろそろ「哲学」と「医学」を分離するような生き方から、みずからを解放すべきときにきているのではないだろうか。「告知」や「告白」の医学的儀式に囲まれているだけでは、とても愉悦のなかの死など迎えられそうにはないのである。

ブッダ・フェースとオキナ・フェース

昭和六十（一九八五）年、六月二十六日朝のことだった。当時の新聞各紙の社会面に、田中角栄元首相の近況を告げる記事が大きな活字で載っていて、驚かされた。「角さん」はこの年の二月二十七日に脳梗塞で倒れて入院していたが、それ以来、四カ月ぶりにその姿を人々の前にあらわしたからだった。

事のおこりは、田中角栄の後援会「越山会」が発行する「月刊越山」の一面に、「元首相はこんなに回復しました」という大見出しの記事が、写真入りで掲載されたのである。それを各紙が大きく報道したのだった。

それらの紙面には、東京目白の私邸でソファに腰かけてくつろぐ三枚の写真が載っていた。ソファに腰かけてはいるけれども、そのすぐそばには車椅子がおいてある。脳梗塞で右半身が麻痺、言語障害も引きおこしていて、リハビリに励んでいる病状をそれとなく映しだしていた。三枚の写真では、書類や手紙を手にしているのは左手であり、右手はいずれも力なく、ソファや体に添えられたままだった。

それはたしかに、一つの大きな事件だった。元首相の病状の回復が、当時の政局にまで影響を及ぼしかねない雲行きだったからだ。それで各紙は、例によって政治評論家や識者にその写

真をみせて感想を求めていたのである。

当然のことながら、楽観的な診断や悲観的な予想が入り混っていたが、たまたまそのなかに読売新聞に載っているあるコメントが目にとまった。

それは当時、社会保険中央総合病院で脳神経外科部長をつとめる三輪和雄さんの談話であったが、氏は記者の質問につぎのように答えていた。

顔の左頬の筋肉が軽い麻痺を示し、右腕と右足も麻痺していると類推できる。脳卒中などの後遺症で、穏やかな〝仏陀（ブッダ）フェース〟になることがあるが、元首相の表情は憂うつそうで、生気のないのが気がかりだ。将来も重労働や活発な精神活動をつづけるのはとても無理だろう……。

三輪さんのこのときの「診断」はその後の経過をみるとあたっていたことになるが、その記事を読んで、私は心にひっかかるものを感じた。「脳卒中などの後遺症で、穏やかな〝ブッダ・フェース〟になる」というくだりである。

「仏陀の顔」というのは、言うまでもなく悟った人間の理想的な表情を言ったものだ。日本人であれば、仏教を信ずる者も信じない者も、誰しもが思いおこす、あの静かな深味のある顔である。その「ブッダ・フェース」がいったいどうして脳卒中などの後遺症で、たまたま穏やかになった顔を言いあらわすのに用いられているのか。身体的な病いのゆえに活動的な表情を失った顔の形容詞とされているのか。

それが気になっていて、数日経ってから私は三輪さんに電話をかけて、くわしい事情をきいてみた。すると即座に、あれは記者が言ってきたのに答えたものだと言われる。田中元首相の顔は医学の世界で「ブッダ・フェース」といわれるものではないかときいてきたので、そうかもしれないと答えた……。

けれども三輪さんは、それに話をつなげて、「実は西欧の近代医学の教科書には、そのようなことが書かれていたのだが、現在はそのように東洋の仏教を差別するような言い方はしていないはずです」と答えられた。

私は一瞬、なるほどと思いながら、同時にブッダの表情は、西欧人にとってかならずしも価値ある表情とみなされてはいないということを知らされて、胸を衝かれたのである。

実例をもう一つ紹介しよう。米国のジョンソン大統領（一九〇八〜七三）の時代にラスクという国務長官がいたが、彼は個人的な感情を一切顔にあらわさないということで有名な人物だった。どんな政治的な激動期に入っても、一体何を考えているか分からない不気味な男であるということでマスコミの評価はあまり良くなかった。

政治家というのは、自分の感情をもろに出した方が大衆の人気を博するのだが、彼はまったくそういうことをしないタイプの人間だった。そんなラスクを皮肉って新聞記者たちは「彼の顔はブッダのような顔である。何を考えているかわからない、気味の悪い顔である」と書き立てていたのである。私はあらためて、西欧人と東洋人のあいだの価値観の根深い違いを思い知らされたような気がした。三輪さんの釈明の弁をきいても、なかなか気持ちがおさまらなかったのである。

私はその頃、三人の親しい友人が次々とガンに冒されて死んでいくのを見送っていた。三人が三人とも、みんなそれぞれの分野でエネルギッシュに活躍していたが、ガンにかかってからは、衰弱の度を加えた顔が不思議なことに柔和な老人の表情に近づいていることに気づいた。人間の表情は、内部の病いによってこうも変貌するものか、という想いが喉元をつきあげてきたのである。

病いによる苦痛が、そしてその苦痛を耐え続けるほかない日常的な生活が、彼らの表情に深刻な変化を与えた結果なのであろうか。そのあたりの因果の糸をつかむことはできなかったが、しかしガンで苦しんで逝った三人の友人が、その最末期の段階で柔和で優しい、いってみれば「オキナ（翁）」に変貌する姿に立ち会うことになったのは、ほとんど僥倖（ぎょうこう）に近い経験だった。

そのとき私が思ったのは、身心の病いによって人間の表情がしだいに変化していくことがあるということだった。さらにいえば身心の病いに耐え続けているうちに人間の表情が急速に老いて、ついにオキナの表情に近づくことがあるのではないかということであった。身心を苦しめ悩ます病いということがあって、はじめてオキナという柔和な表情を手にすることができる。

そういう逆説めいた人間の成熟、という事柄が自然に浮かび上ってきたのである。

むろん、すべての人がそうであるとはいえないだろう。そのような場合、オキナの表情に恵まれるか否かは運命というほかはないが、しかしその運命には深い意味がこめられているのではないだろうか。

このように考えていくと、先に言った「ブッダ・フェース」という言葉がもう一つ別の脈絡のなかで新しい光を帯びて蘇ってくるような気がしたのである。くり返して言えば、ブッダ・フェースとは身体を病む人間にあらわれる穏やかな表情、というのがかつての西洋医学の考え方であったが、そういう考え方に違和感を覚えるというところから、私は話をはじめたのだった。そしてその違和感の背後には、ブッダの顔というのは身体の病いとは本来関係がないはずだ、という確信のようなものが横たわっていた。だが私は、もしかするとそういう見方は浅薄なものかもしれないと反省するようになったのである。つまりブッダの顔というのは、単に悟りを開いた人間の静安な表情を象徴しているのではない。それはむしろ人間の苦しみを耐え抜き、それをのりこえてはじめて獲得された静安の表情、だったのではないか、と。

そうであるなら、病いに倒れた人間がたまたま穏やかな表情を浮かべるようになったとき、それをブッダ・フェースと呼ぶことにどうしてこだわる必要があるだろう。元首相が病いに倒れ、回復したあとにあらわれた表情がブッダの顔に近づいたとして、どうして驚く必要があるだろう。

なるほど元首相はかつてのエネルギッシュな活力を失い、もはや政治の世界に復帰することはできなかったかもしれない。しかしながらそのかわりに、誰もが手にすることのできない静安な「顔」をわがものにすることができたのである。元首相は、本人の意識はどうであれ、その表情においてある成熟の境地に近づいていたということができるかもしれないのである。

だが、ここまできて、私はふと立ちどまる。気がかりな一点が目の前にちらついて、私を落ちつかせない。それというのも、ガンで死んでいった三人の友達の「オキナ」の顔が、元首相の「ブッダ」の顔とダブりながら、そこからは同時に何とも言いようのない違和感も立ちのぼってくるからだ。友人たちの「オキナ」顔が元首相の「ブッダ」顔と同じようでいて、しかしかなり違っているようにみえるのである。

表情の穏やかさ、静安さという面からみるとき、「オキナ・フェース」は「ブッダ・フェース」よりまさっているように私には映る。人間の成熟という点からいっても、オキナの方がブッダよりもいっそうそれにふさわしい顔容になっているのではないだろうか。そういう思いが胸元をつきあげてくる。

おくればせながらつけ加えると、ここで「オキナ」というとき、私は能楽の「翁」舞にでてくる翁の面を自然に思いだしている。柔和で、優しい、微笑を含んだあの「翁舞」の老人の顔のことだ。

それにふれて以前から考えているのであるが、「ブッダは若く、カミは老いたり」という命題のような、ジョークのような言葉が、いつ頃からか頭の中で鳴りはじめていたのである。仏像をみているうちに、その多くの仏の表情がいずれも若々しく表現され、その肉体もまるで青春の記念碑のように光り輝いていることに気づくようになった。それはどう考えても、青年の身体を理想化したものだからである。

ところがそれに対して神像の方はどうだろうか。神像は奈良時代に入り、仏像の影響をうけてつくられるようになるが、その多くが老人の姿と表情でつくられているのである。

なぜそのようなことになったのか。理由はさまざま考えられるであろうが、その一つに、仏は永遠の生命を象徴するけれども、神道では人は死んで神として祀られる、という信仰があったことを挙げることができるかもしれない。なぜなら、もしもそうなら、人間のライフステージのなかで神への至近距離にあるのがまさに老人であることに気づかせられるからだ。

そしてここに、わが国における老人尊重の観念が芽生え、やがて「翁」を成熟した人間の典型的な表情ととらえる文化が生まれたのだろうと私は思っているのである。ガンにかかった友人たちがその最後のライフステージで示した「オキナ」の表情が、元首相の「ブッダ・フェース」となかなか重ならないのも、あるいはそのためかもしれない。

またあした…

京都の空の下で逝く

――あとがきにかえて――

京都に坐る

勤めを離れてから、もう二十年近くになる。まもなく八十九歳になるが、ようやく、ぼうっとした自由な時間を楽しむことができるようになった。それでつい、いま、老人フリーターをやってます、と口に出る。

三十年ほど、暁方前に起きだして坐っていた。永平寺で手ほどきを受けたのがきっかけだったが、あとは手前勝手な気まま禅で通してきた。無念無想になったことなどはまったくない。老人早起き症が高じたはての早朝坐禅である。

育ったところは岩手県の花巻であるが、それからあとは、仙台、東京と渡り歩いて、三十年前に京都までやってきた。そのためか、どこかに住いを定めるという発想がいつの間にか蒸発していた。京都で生活していても、いつも旅のなかにいる気分である。

ただ、毎日のように坐っていると、京都の歴史を尻に敷いて坐っているような幻想に誘われるときがある。それがたまらない。

ときどき、京都タワーにのぼる。展望台から、ぐるりと見渡す。東山、北山、西山のやまなみがうっすらと目に映る。

森と樹林のつらなりだけのように見える。だがその奥には、寺と神社が点在している。ただ、その姿はほとんど木の間がくれに隠れてしまっている。そもそも建て物の影すらが、あまり見えない。

そこが、エルサレムのような聖地と違うところだ。中国の西安（シーアン）（かつての長安）やロシアのモスクワ、そしてインドの巡礼地、ヴァーラナシなどとも異なる。それらの土地を訪れると誰でも気づくが、尖塔や教会や城壁などが、いやでも目につく。街の全体に、わがもの顔で身をのりだしている。そこへいくと、京都三山に鎮まる堂塔や社殿は、いつでも森の影にひそんで、かくれんぼをしている。

それでいつも京都タワーにのぼり、エレベーターで上がったり下がったりしている。もう一つの京都名所、「上ルト下ル」である。

このままいけば、いずれ京都の空の下で逝くことになるだろう。

恍惚

マラソンの増田明美さんからうかがったことがある。選手たちは四二・一九五キロのレースにのぞむとき、「死ニイク」と呼び合っていたという。なるほど、死の覚悟を要するマラソンとは、言いえて妙、と思ったものだ。

そういえば、比叡山で今でも行なわれている千日回峯では、行者は一日に四〇キロを飛ぶように歩いていく。こちらの方は、ひそかに懐剣をたずさえている。中途で脱落するときは、それでわが身を屠る。死の覚悟の回峯行というわけである。

ひたすら走り、飛ぶように歩いていくとき、ランナーや行者の意識に、エクスタシーの時間が訪れるのではないだろうか。京都・東山の六波羅蜜寺に伝えられている空也像が思い浮かぶ。いつでも念仏を唱えながら歩いていた阿弥陀聖の姿であるが、その恍惚の表情がみるものの心をとらえて放さない。

マラソンでいえば、あれはランナーズ・ハイの状態にあたるのだろう。

色即是空?

いまも、般若心経が大はやりである。本屋の店頭に立てば、たちまちその文字が飛びこんでくる。日本人はいつから般若心経好きになったのだろうか。

般若心経といえば、さしずめ色即是空、である。意味の詮索はおくとして、色はむなしいよ、と言っている。私なんかには、スケベーはダメだよ、長続きしないよ、無常なんだ、というメッセージにきこえていた。

ところが、この心経の字面をよくよく見ていると、「空」の文字は前半に七回出てくるだけであるのに、中心の本文部分には「無」の文字が何と二十一回も出てくる。このわずか二百六十二文字の経典のなかに無が二十一回も出てくるのは、やはり尋常な話ではない。

そういえば我々は何かというと無常、無我などと口走り、無党派、無宗教、無教会といって、外国人の目を白黒させる。何によらず「ム」「ム」と言いたがる日本人の本当の心は、「空」嫌いの「無」好きなのであって、それで心経が好きであるのかもしれない。

同行二人

ひとりで歩いていると、これまた妙な格好で、ひとりで歩いているヒトに会う。ちょっと前こごみになって、小さな板切れのようなものをのぞきこんでいる。のろのろ歩きながら、夢中になって目がそこに釘づけになっている。その板切れを、こんどは耳にあてて歩きながら、口元をせわしなく動かしている。

まるで魔法の板切れである。あれは、ぶらぶら歩きをするための、欠かすことのできない道案内板なのであろう。けれども世間では、あの奇妙な案内板をケイタイと呼んでいる。そのケイタイといっしょなら、たとえ赤信号でもズンズン歩いていく。車道でも平気で横切る。ヒトにぶつかるのもかまわず、歩いてくる。歩いていく。

ひとり歩いていても、ケイタイといっしょであるのだから、あれはケイタイとの同行二人と言っていいかもしれない。四国のお遍路を同行二人と呼んできたのに対して、これはさしずめケイタイ二人ということになるのだろう。

晴耕雨読

朝の食事が終れば、あとは新聞を読んで過ごす。いつも三紙ぐらい。隅から隅までさあっと目を通し、目を惹く記事、心に響くテーマがあると、じっくり活字を追う。旅に出るとき以外は、いつもそんな調子だ。

いつの間にか眠っている。ふと目を覚して、また読みはじめる。昼近くなると、想像の翼が紙面から離れ、ほとんど妄想を楽しんでいる。私のコモリの時間である。新聞読みに耽溺するコモリである。

午後になると、たいてい人に会うことになっている。外に出かけて、だれかと会って話をする。老若男女を問わない。こちらが語るときもある。黙って聞いているときもある。グループのなかに入って、ワイワイやる。ときに酒を飲みかわし、胸ときめくような密談にふける。入日や落花を愛でながらの宴、というのもある。私のハレの時間である。人前に出て、おのれの心を耕すときだ。

　我流の晴耕雨読である。

眺める

　祇園祭の季節が近づくと、祭りばやしの音が枕元まできこえてくる。そんなとき、ふと田舎の悪童時代のことがよみがえる。

　秋祭りもたけなわの頃だった。仲間の蕎麦屋の二階に陣取り、狭い路地をミコシが通るのを上から見下ろして見物していた。たちまち強面(こわもて)のお兄さんにみつかり、地上に引きずりおろされて大目玉をくらった。

　　カミを見下ろす不埒な奴め

というわけだった。以来、ミコシやダシが街を練り歩くときは、地上にはいつくばって、見上げるように眺めるものと心得るようになった。

　しばらく経って、東京の歌舞伎座に出かけ、安い立見席で見物することがあった。天井近い袖に席をとっていたため、舞台で大見得を切る役者の背中を上から見下ろす格好になった。芝居のからくりが手にとるようにわかり、役者の生々しい色気が伝わってきた。
けれどもカミ様は、やはり背中を眺められるのがお嫌なのであろう。

一服

終日、机にむかっているときがある。尻に火がついて、ペンを動かし続けている。しだいに疲労がかさなり、神経がにぶり、思考が停滞してくる。そんなとき若い頃は、煙草に火をつけた。白いケムリを吐きだし、一息つく。脳中に活を入れ、血流に勢いをつける。

が、四十数年前に吐血して入院し、禁煙してからはそうはいかなくなった。煙草にかわる麻痺・麻酔の工夫はないものかと試行錯誤をくり返したが、ようやくたどりついたのが、爪を切る、耳くそをほじくる、という窮余の一策だった。

きっかけはすっかり忘れてしまったが、いくら熱中して考えても思考の糸がつながらなくなったとき、しょうことなしに爪を切っていると突然、論理の流れが通じたのである。さてはと思い、イマジネーションが枯渇しそうになったときは耳くそをほじってみた。すると、生き生きした感覚がもどってくるではないか。

ひそかに楽しむ一服の時間、である。

たそがれ

気がつくと、私も後期高齢者の一人になっていた。するとそのあとに末期高齢者のステージが続いていた。いずれ臨終期高齢者の段階がくるのだろう。そしてそのはては、西方浄土か。明るい浄土に着地するのか、それとも暗いあの世に舞い降りるのか。
そのへんのところが、はっきりしない。いずれにしろ、夕暮れ時の真っただ中にいる、と思わないわけにはいかない。
漫然と酒をのんでいるようなとき、ふと、五木ひろしさんの歌う声が蘇る。

よこはま　たそがれ　ホテルの小部屋[*1]

そのメロディーが心にしみてくる。気分はほとんど恍惚の状態であるが、こんどはいしだあゆみさんの、あの甘いささやきがきこえてくる。

街の灯りが　とてもきれいね　ヨコハマ
ブルー・ライト・ヨコハマ[*2]

たそがれ時に、青い光に輝くヨコハマ浄土……。

＊1『よこはま・たそがれ』作詞：山口洋子　作曲：平尾昌晃
＊2『ブルー・ライト・ヨコハマ』作詞：橋本淳　作曲：筒美京平

しがらみ

朝早く坐っているときは、たいてい線香を一本立てる。それが燃えつきるまで坐っている。ほぼ五十分ほど。

線香の先端から煙が白い筋をつくって立ちのぼっていく。二本、三本の筋に分かれて、ゆらゆら揺れている。

大きな弧を描きながら、くねくねした線をつくる。まるで細身の女が豊かな臀部をくねらせているようだ。二つに割れた煙の筋が再び近寄り、絡まり合いながら、再び一本の線になって闇の中に消えていく。

その煙の千変万化をみつめているうちに、つい昨日のこと、過去におこったことが、むらむらと念頭に甦ってくる。どうにも解きほぐすことのできなかった葛藤の数々、人々との出会いと別れのありさまが眼前にちらついてくる。

線香が燃えつきて灰になったとき、まるで虫の残骸のようなしがらみの重なりが、そこにうずくまっている。

気まま

食べすぎないようにしている。食べすぎると、すぐ腹をこわす。飲みすぎないようにしている。飲みすぎると、頭の中が鈍麻してくる。人に会いすぎないようにしている。人に会いすぎると、自分が何を喋っているのか、わからなくなる。相手が何を言っているのか、わからなくなる。


食べすぎない。

飲みすぎない。

人に会いすぎない。

私の「足るを知る」の三原則だ。「はらはちぶ（腹八分）」の三原則である。毎日の生活リズムを「ほどほど」の軌道にのせようとしているわけであるが、それがなかなかその通りにいかない。

なぜ、そんなことにあくせくするのかと、天の声がきこえてくることがある。そんな不自由きわまる生き方など、すぐにも放り出してしまいたくもなる。けれども本音をいうと、そうやって日々を送っていれば、せめて死ぬときぐらいは気ままに死ねるかもしれないと思っているのである。

うしろ姿

街に出て、ぼうっと立ったまま、ヒトの流れをみているときがある。ヒトが急ぎ足で過ぎていく。背中もみせずに、目の前を通り過ぎていく。ほとんど走るように歩いていく。

前方から歩いてくるヒトは、みんな緊張した顔つきだ。神経がピリピリむき出しになっている。そんな顔、顔、顔……は、やりすごすにかぎる。

それでもときどき、歩いているヒトのうしろ姿をみていて、はっと気がつくことがある。どのうしろ姿の肩にも、物入れや袋をぶら下げるヒモがかかっている。皮のヒモがみえる。布製のものもある。リュックが背中にはりついている。

ただそういう背中には、申しわけないことだが、威厳がない。人間の存在が匂い立つことがない。やはりヒトの背中は、何もないのがいい。その方がさっぱりして、堂々としている。しかしそんな背中に出会うことはほとんどない。

うしろ姿の　明治は遠くなりにけり

最後にひとこと。

いま、息子が帰ってきて、たまりにたまった年来の疲れを鎮めようと、いっしょに暮していています。それで、九十歳近くなった二人の老いた親を介護するような仕事もやってもらうようになりました。

退屈するのでしょうか、マンガのようなアニメのようなものを描いて、勝手に「くり童子」と称しています。例の、いがに包まれた栗の実を型どるものです。

そんなこともあって息子と相談し、彼の発案になる「くり童子」のイメージをふくらませて本書のあちこちに登場してもらい、一方その道案内は私がつとめて、タイトルを「米寿を過ぎて長い旅」としました。

古来この国には、桃太郎とか一寸法師とか小さな者が大人顔負けの働きをする話が多く語られてきました。瓜子姫、金太郎、そして釈迦誕生仏やお地蔵さんなども、みんなそうでした。

桃太郎や一寸法師のような小さな者にたいする愛情を大切にしてきたのが、この国の昔からの慣習であり、伝統だった、――そう言ったのが民俗学者の柳田国男さんでした。

私は以前から、こうした日本人の考え方はお地蔵さんをめぐる物語にもたくさん見出すことができるだろうと思ってきました。釈迦誕生仏なんかもそうですね。右手を挙げ、可愛い子どもの顔をして立っている、あの小さな小さなホトケさんです。

もっともお地蔵さんは、はじめインドでつくられたときは大人の姿をしていました。髪を剃って出家僧という出で立ちでした。ところがやがて日本に伝えられると、みるみる小さく小さくつくられるようになり、お地蔵さんといえばほとんど「子ども地蔵」ということになってしまいました。おそらく桃太郎や一寸法師の伝承と結びついて、そうなったのではないかと私は思っているのです。街の片隅や田舎の野原でよくお目にかかるのが、そのような子ども地蔵であり、二人並んだ親子地蔵なんですね。

この国では事故や災害が発生すると、その現場で犠牲になった人々の魂を鎮めるため、お地蔵さんが祀られるようになりました。花が供えられ、供物が置かれていたりする。阪神淡路の大震災のときもそうでした。東北を襲った地震津波のときも、被災地のいたるところにお地蔵さんが立てられるようになりました。

阪神淡路のときは、やがて被災地をつなぐ巡礼路のようなものがつくられ、いつのまにか小さなお地蔵さんがお出ましになっている。亡くなった人々の冥福を祈り、生き残った人々の心に寄りそう、かけがえのない同伴者としてお地蔵さんが祀られる。

宮城県石巻市の大川小学校では多くの学童が犠牲になりましたが、一年経ってそこを訪れたときには、荒れはてた校門の前に親子地蔵がすえられていました。また、多くの町民をのみこんだ岩手県の大槌町では、旧庁舎の前にそれが祀られていました。福島県の飯舘村に行ったときは、原発の被害のため全村民が立ち入り禁止になっている地域の庁舎の前に、それが祀られていたのです。町長さんや村長さんが音頭をとって、町や村の人々といっしょになってそういう祈りと鎮魂の場をつくっておられることに心を打たれました。

京都は、ご存知のように夏ともなれば子どもたちのための「地蔵盆」でにぎわう土地柄です。少子化で、子どもたちが少なくなってはいますけれども、地域ごとにその慣習を守っていこうと工夫を凝らし汗を流している大人たちもたくさんいます。ああ、この日本列島はまさにお地蔵さん列島だったんだな、ということをあらためて気づかされているのであります。

この本は、日本建設株式会社の季刊誌『N・Wave』に二〇〇九年から書かせていただいたエッセイを中心にして、つい最近まであちこちに書いてきたものを加えて、改めて加筆・修正を加えてまとめたものです。

エッセイ執筆の機会をくださった日本建設の二代目社長 積山吉興氏、現会長の日野直行氏、そして現社長 熊谷 満氏に篤く御礼申し上げます。また、『N・Wave』の編集を担当されていた柴田香苗さんには長年お世話になりました。

最後に、この本の発行日を今は亡き日本建設の創業者 生田重政氏のご命日としたことを記しておきます。

著者

二〇二〇年三月二十四日

【著者略歴】

山折 哲雄（やまおり てつお）

宗教学者、評論家。

1931年、サンフランシスコ生まれ。

1954年、東北大学インド哲学科卒業。

国際日本文化研究センター名誉教授（元所長）。

著書に『愛欲の精神史』（小学館・和辻哲郎文化賞受賞）『日本仏教思想の源流』（講談社学術文庫）『法然と親鸞』（中央公論新社）『「身軽」の哲学』（新潮選書）など多数。

米寿を過ぎて長い旅

2020年6月18日　初版第1刷発行
2020年8月18日　　　第2刷発行

著　者　山折 哲雄
発行者　作井 文子
発行所　株式会社 海風社
〒550-0011　大阪市西区阿波座1-9-9 阿波座パークビル701
TEL　06-6541-1807
印刷・製本　モリモト印刷株式会社
装幀　ツ・デイ 高橋啓二
「くり童子」原案 © 山折 大
イラスト・キャラクターイラスト © 井上真理子

ISBN978－4－87616－062－4　C0095

思想

思想としての道徳・修養

綱澤 満昭 著

978-4-87616-022-8 C0037

道徳なき時代といわれる現代。本書は「道徳・修養」を懐古的に礼賛するものではなく、位置した時代によって変質した道徳・修養というものの本質を衝く。道徳の教科化がいわれているいま､ぜひ読んでほしい書。

B6判／二六四頁 定価（本体一九〇〇＋税）円

思想

宮沢賢治の声

～啜り泣きと狂気

綱澤 満昭 著

978-4-87616-033-4 C0036

父との確執、貧農への献身と性の拒絶……。その宮沢賢治の短い生涯をたどりながら、彼の童話の原点を近代日本が失った思想として読み解く。賢治よ、現代人を、縄文に回帰させよ。

B6判／二一六頁 定価（本体一九〇〇＋税）円

思想

近代の虚妄と軋轢の思想

綱澤 満昭 著

978-4-87616-049-5 C3030

いきづまった日本の近代化の先にあるものは何なのか。戦争の気配と共にもの言えぬ時代へと急速に右傾化する今日の危うさは、あらゆるものを近代化の物差しで測ってきた結果ではないのか。平和を愚挙の歴史から学ぶように、人間らしい生き方を我々は先人の思想からコツコツ学ぶしか救いはないだろう。

B6判／二七六頁 定価（本体一九〇〇＋税）円

対談

ぼくはヒドリと書いた。宮沢賢治

山折 哲雄／綱澤 満昭 著

978-4-87616-060-0 C0095

宮沢賢治研究家の山折哲雄（宗教学者）と『日本の農本主義』を著した思想史家・綱澤満昭が、宮沢賢治の作品と生き方を通して語る、思想、宗教、方言、東北、縄文。そして本当に愛した人は誰だったのか。今日までの宮沢賢治研究の様々を紐解きながら、研究史からこぼれ落ちた仮説にも鋭く目をやる出色の対談本。

B6判／二八〇頁 定価（本体一八〇〇＋税）円